YUANSHENG

远声

王明志/著

中国文史出版社

青春叙事曲（序）

王明志的书使我感慨万千。他致力于青少年教育，创办《学子》十多年。这十多年，从大环境而言，国家日益富强，社会思想更趋活跃。青少年们生逢如此美好的时代，前途一片光明。中国梦是人民的梦，是中华民族伟大复兴的梦，对青少年来说，不同寻常的是，他们有更多的梦想，他们可以自由自在地梦想，他们是中国梦的主体，他们将在梦想中放飞自我。梦想具有思想的本质，却离不开物质的基础。今天，学子们的物质生活已不再贫困，甚至相对富裕，那么他们还缺少什么呢？

要问王明志。明志兄书中的文章看似随感而发，甚或即兴之作，其实都是他深入实践调查研究的结果，皆具有普遍性、针对性。诸如学数学好还是学语文好，得满分高分的就一定是好学生吗，体育重要不重要，德育应放在什么位置，中学生的美育从何着手，怎样和同学合群相处，还有情感恋爱等等。一部青年成长史，中学六年居其大半矣！在黑龙江，在多高山密林、冰天雪地的黑龙江，有这样一本杂志、有这样一些文章引领，实在是件大幸事，是关系到“扣好人生第一粒扣子”（习近平语）的事，是有关开端的事，是一生的印记中最难忘、最深刻的事，是影响一生的事。比如对“学而时习之”中“习”字的解释，一般都取温习复习意。其实不然，习者，行动也，习惯也，学而有所为也，把书上所学付诸行为实践也。同学之间的相处之道，是一门大学问，关系到这些孩子走上社会以后，能不能与他人团结和谐共处，而担负起中华民族的伟大复兴重任。这就关系到“德”，德有私德和公德，梁启超说，独善其身谓之私德，相善以群谓之公德。而“独善其身”和“相善以群”，在现代语境下，即是个人品德与公共道德，它是一种修行、修养；它与“学而时习之”相关。它也是一种习惯，极好的习惯，付之行动于己，私德也；付之行动于群，公德也。其中的“善”与“德”为邻，真善美之大道也。

也许我们很难说清楚何为美，美是什么，王明志文章中对音乐和美术教育的重视，却已经渐入美学之堂奥了。能够把人生引导至向往美、辨识美、热爱美，从而拒绝心性丑陋的入门之学、毕生之学，是音乐和美术，还有诗歌，尤其是中国的古典诗歌。于是当可想象：一个胸怀美好的人，在社会各行各业，在中国的大地上，他怎么能无所作为呢？他怎么能没有缤纷梦想呢？他怎么可能是个“精致的利己主义者”呢？我读过王明志任上《学子》的高考复习题，对于北京、上海这些大城市的学生来说，这不是一件大事。但对于黑龙江林区的孩子们来说，却如获至宝，因为它在某种意义上，填补了教育资源不公平的缺憾。王明志还请来专家学者为顾问，向他们请益求教，办刊人胸怀远见使然也。

我与明志兄同时就读于北大中文系文学专业，我热衷于写诗，他手不释卷地读马克思主义政治著作。爱好不同，却并不妨碍我们之间的交流和友谊。看得出他的学习，对于他后来对青少年教育的关爱、理解，是美美与共的。我们曾经一起感叹过幼儿、青少年教育的重要，放眼看去，祖国河山辽阔美丽，奔走在山谷间、田野上、城市里的每一个上学放学的孩子，他们都是灿若晨星的明天，他们都是充满希望的种子。

翻读明志兄的作品，如同翻开以往的日历，能听见白驹过隙的声音。而满满的正能量，满满的关切和殷殷期盼，却不因时间的流逝而流逝，它层垒叠加成一个字：爱！

它是一部青春叙事曲。

是为序。

徐刚

目　　录

今　天

翻开年历的扉页，像掀开了新娘的盖头，套红的“元旦”两字映入眼帘，送来了新年第一个“今天”。

“今天”，是学子的伙伴，每天帮你做事，从来都是无私奉献；“今天”对每个人都很慷慨，愿意等你到明天、后天……

“今天”似颗颗明珠，把历史镶嵌。许多变幻莫测、风云突变的事件，在“今天”发生；很多叱咤风云、挽狂澜于既倒的英雄豪杰在“今天”涌现。中华民族每一个文明与发现，都诞生在“今天”。

“今天”给你的有鲜花和笑脸，也有辛酸、血泪、屈辱和忧患。“今天”创造了灿烂的东方文化，中国的生产力水平，也曾在世界领先。

“今天”也有过贫穷落后、被动挨打的局面。鸦片战争，火烧圆明园，屈辱的条约，割地赔款，九一八事变。“今天”也曾发生过嫩江大桥、卢沟桥的抗战；《义勇军进行曲》《松花江上》《大刀进行曲》《黄河大合唱》，也曾在“今天”唱彻北国江南。

当然，最令人振奋的，还是 1949 年 10 月 1 日那个“今天”，毛泽东“中华人民共和国中央人民政府成立了！中国人民从此站起来了！”的宣示，震撼寰宇，穿越时空的界限。

改革开放，发展是硬道理的思想，把“今天”的过去和未来紧密相连。要在21世纪中叶，实现中国国民经济达到世界中等发达国家水平，全民走向共同富裕那个“今天”，全靠青少年学子用青春和热情，去浇铸好三十年到五十年的每一个“今天”，最终的目标才能得以实现。

过去的“今天”，逝者如斯，已经走远，未来的“今天”很快就到眼前；“今天”，一手牵着过去，一手拉着明天，是过去、未来的连接点。

“今天”，是希望的源泉。把握住“今天”，就会有美好的明天，理想的愿景，就会矗立在你的眼前。

“今天”是生命的节拍，是一切成功的起点。它的习惯就是不停地向前，绝无后退可言。脚步快的能走在“今天”的前面，脚步慢的永远也赶不上“今天”。

“今天”很长，长得无法计算；“今天”很短，短得来不及拥抱清晨，就已经手握黄昏。

“今天”只有二十四个小时，对谁都平等，却又很偏袒，绝对的原则是奖勤罚懒。说时间过得快的人，怨时间太短，肯定是有许多事情没做完；说时间过得慢的人，怨时间太长，肯定是个胸无大志、无所事事、不知怎么打发时间的懒汉。

“今天”特别喜欢汗水的浇灌。回报并不按小时计算，所取得的成就，常常令人惊叹！

“抓住今天，胜过两个明天。”而抓不住“今天”的人，总是找各种借口，把今日事推到明天，从而挤掉后天。其实，世界上根本就没有一个叫作“明天”的东西，而你所能拥有的一切，就是今天！对明天的负责，就是把一切献给今天。

古人云：“明日复明日，明日何其多。我生待明日，万事成蹉跎。”又云：“今日复今日，今日何其少。今日又不为，此事何时了？”人生百年今几何，今日不为可惜了！其结果必定是，去日之日不可留，今日之日多烦忧，到头来，只能落得个“少壮不努力，老大徒伤悲”的结果。

今日的学子，不能也不应该躺在“今天”的温床上，尽情享受前人的创造，而应该仔细想想：你该怎样利用好那即将属于你，却又稍纵即逝、一去不复返的每一个“今天”，为他人，为自己，也为生于斯长于斯的那片土地，做出怎样的贡献！

2010 年 1 月

居高声自远

蝉，俗名“知了”，恰如它的叫声。每逢盛夏，在北京大学校园里，凡有树的地方，就有蝉的叫声。起先是一只蝉的叫：“知了——”；接着就是整片林子的叫：“知了——”。东边的林子停了下来，西边的林子又叫了起来，此起彼伏，昼夜聒噪不止，天越热，声越大，叫得人心烦。

然而，初唐有个诗人叫虞世南，对此聒噪声却不烦，不仅不烦，还写了一首不“凡”的诗，对蝉的聒噪声赞誉有加，题为《咏蝉》：“垂緌饮清露，流响出疏桐。居高声自远，非是藉秋风。”

虞世南是诗人也是官员，博学多能，直言善谏。唐太宗曾赞曰：“群臣皆如虞世南，天下何忧不理！”足见其地位之高，声名之显赫。难能可贵的是，他并不居高自傲，不把地位名气当包袱，而是谦虚谨慎，低调为人。他选择叫声让人心烦、长相不起眼的蝉，托物寓情，表现那清高悠远的政治智慧和官员气度，堪称逆向思维写蝉鸣的一个典范。

《咏蝉》的关键词，是“居高”。为官之道，为人之道，为学之道，同样要“居高”。只有品德“居高”，才能有“饮清露”，做到清正廉洁的可能；只有努力“居高”，才能使好名声“流响”

于世，赢得赞誉，而不必劳心凭借外力去取悦于人。功夫在诗外，人格在诗内，格局决定结局。《咏蝉》，字面上看是写蝉，而托喻的，却是作者为人的心声。

然而，学子也许有所不知，蝉在“居高”“饮清”的高洁之前，还有一段在枯枝败叶泥土下走出来的“居低”“饮汁”的艰辛而光荣的历史。没有这低，何言那高，这低是那高的阶梯，这低是那高的储备，这低是那高的蓄势。如生物知识所言，蝉是经历了不凡的磨砺，才能有本事把声音传播得那样高远。蝉，先是妈妈在树枝上打洞，把卵产在树洞里，然后落地而死，卵随枯枝败叶落地，钻进泥土，靠吸食树根的浆汁蛰伏起来。因地域品种不同，蛰伏时间也不同，少者两到三年，长者十几年，最长可达十七年，相当于学子从出生到高中毕业的时间。为此，有的地方还把蝉的这个特性，当作了高考作文的写作题目。

当然，我不想追问考试成绩多少，但我想知道，高考过后，如蝉“破壳”而出，学子的一生将怎样“居高”而过，是否也要像蝉那样，攀上林木的最高点，铆足了劲，引吭高歌！“知了……知了……知了……”把生命的声光，尽情地远播。

读蝉诗，听蝉鸣，我发现，在知了的叫声里，充满了激情和奋争，在那不知疲倦、精神饱满的叫声里，我仿佛听到了时代的呼唤，感受到了那世界性的竞争。“居高”，就是要居那人才竞争制高点的高，要像蝉那样，爬上树木的最高处，拉开架势，振翅痛痛快快地大叫一场。我们已经等待得太久太久，我们正赶上大显身手的好时代，我们没有理由不去尽情地歌唱。

十年不飞，一飞冲天；十年不鸣，一鸣惊人。心怀梦想，我们在高傲的叫声中茁壮成长，满怀豪情，我们必将成为共和国大厦建设的栋梁！

居高，天外有天。天高任鸟飞，海阔凭鱼跃。我不想评说考试分数的高低，只想问君：你是否有过展翅高飞的梦想？

天空没有痕迹，你是否飞过？天空没有遮拦，你是否叫过？

如此美好的世界，你是否来过？如此美好的一生，你将怎样度过？

2015 年 9 月

做追赶太阳的人

正值两极相交、否极泰来之际，编辑部让我为学子说几句话。除了“一年之计在于春，一天之计在于晨”之类劝勉的话外，我想，现今的学子，还应该具有强烈的创新精神，努力做个追赶太阳的人。

太阳是生命的源泉，是时间的标杆、美好的象征、胜利的希望。太阳既富有又无私，既伟大又谦虚，它与人类日日相伴，年年相随，给人类送来了许多无限美好的东西，如光明、温暖、生命和生命的能量。太阳的美好，无论怎样赞颂都不过分，而最能说明太阳好的方法，就是假设人类从此没有了太阳，那将是多么可怕。

追赶太阳，就是追赶光明，追赶时间，追赶创新，追赶希望，追赶成功！就是追赶人间最美好的思想感情——真、善、美！人类追赶着太阳从远古走来，使自己站在地球生命的最顶端，还将继续追赶着太阳，在创造更大的辉煌中向未来奔去。

早在远古，人类还处在蒙昧时代，面对烈日炎炎的旱灾、淫雨连连的水害而束手无策，便产生了羿射九日、女娲补天这样的神话故事。当面对熟悉而又神秘的太阳，便有了“夸父追日”这样追赶太阳的人。夸父是个力大无比的巨人，有着宏大的志向，对太阳每天从哪来、到哪去、去干什么，想看个究竟，就拼命地去追赶太阳，最后由于渴累而死，遂弃手杖而化作桃林。这神话故事既悲壮又美丽，显示了中国古人对认识自然、战胜自然的强烈渴望，展现出了大无畏的创新精神。

中世纪，哥白尼提出了太阳中心说，所著《天体运行论》，把人类思想从上帝创世纪地心说的长期禁锢中解放出来。布鲁诺坚持宣扬太阳中心说，公元1600年2月17日，被教会处死。临刑前他轻蔑地说："你们宣读判决时的恐惧心理，比我走向火堆还要大得多。"他为追赶太阳付出了生命的代价，却点燃了人类追赶太阳的思想火花，从而催生了17、18世纪的三大发现——物质不灭定律、能量守恒定律和细胞学，以及蒸汽机、内燃机、电和发电机、X光等一系列的发明，推动了科技进步，启发了人类的心智，极大地促进了生产力的发展。

不久前看到了一批当代科学家追赶太阳的报道，我兴奋不已。这些新时代的"夸父"，不是凭神话想象去追赶太阳，而是驾驶着整个地球，脚踏实地地去追赶太阳。1989年在澳大利亚召开的太阳电池国际会议上，日本学者桑野幸德提出了全球性追赶太阳的伟大计划。这个计划要在亚洲、澳洲、非洲、南美洲等世界五大沙漠地区，建立巨大的光伏发电站，然后用超导材料把它们连接起来，把白天半球发的电向夜晚半球的城市输送，形成一个全球统一的电网，让环球同此白昼。

计划还测算说，如果把世界第五大沙漠戈壁滩的一半（六十五万平方公里）都铺上太阳能电池，所生产的太阳能电力，就足以提供今天全世界全部的用电量。用地只占世界沙漠面积的百分之四，就可以半永久性地解决人类电能问题。2006年美国已经使用超导材料进行输电实验，预测到2030年就有能力实现这个计划。

这是个大气磅礴的宏伟设想，是人类追赶太阳的又一项重大步骤。追赶太阳，已经取得许多伟大成就，但是人类永远也不会在成就面前，停下自己追赶太阳的脚步。富兰克林曾说："不要让太阳蔑视，被他说他在这儿歇脚是一种耻辱。"

广大青少年学子，是早晨八九点钟的太阳，更应责无旁贷地接过前人追赶太阳的接力棒，继续发扬夸父、哥白尼、桑野幸德那种勇于追赶太阳的精神，伸手接过太阳的光芒，把自己的青春热情与太阳的能量相融合，进而迸发出更大的能量，争取为人类做出更多、更大的贡献！

2011 年 1 月

梦想什么，得到什么

每个学生都有自己的梦想，也企盼着在十年二十年后，能够实现这些梦想。梦想虽然有些朦胧，却寄托着学子美好的憧憬和希望。十年寒窗苦读，十年雄心向往，终将肋生双翼，展翅高飞，扶摇直上！

说也奇怪，梦想确实有着超人的力量。有哲人曾说：梦想什么，你就能得到什么。别以为这是天方夜谭、白日说梦，这句近似谶语的格言，在不少人身上得到过验证，也在科学发展史中得到了证明。

人类社会的进步，可以毫无愧色地说，都起源于梦想。有了梦想，才能有伟大的发明创造；有了梦想，才有了美好的生活。像嫦娥奔月那样的登月飞船，像鸟那样在天空飞翔的飞机，像鱼儿在海里游弋的轮船、潜艇，像千里马一样飞驰的火车、汽车，像顺风耳千里眼一样的电话、电视，像大脑一样神奇的计算机和因特网。可以说，没有梦想就没有今天人类社会的一切文明。

尽管如此，学者们研究后却说，人类的身心资源也只用了很小的一部分，还有很大的潜能有待开发，如果人能开发出一半的大脑功能，就能轻松地学会四十种语言，背诵整本百科全书，拿十二个博士学位。人的大脑所包含的智力能量和创造潜力是无限巨大的，从理论上说，只要你肯去开发，人的智力和创造力的潜能，就有能力把你的梦想之舟，送到你想去的任何地方。这就是梦想所以能够成真的真正奥秘。

每个学子都具备着这种超强的潜能。与潜能相比，我们的梦想是太少太少；与梦想相比，我们要做的却是太多太多。人世间只有想不到的，没有做不到的。关键在于你要有梦想，并把梦想坚持到底。

梦想什么，你就能得到什么。当然不是梦想了就能得到，梦想和得到之间，还有一条必经的道路，那就是锲而不舍的艰苦努力。是它，让人圆了自己的梦想，做到了梦想成真，成就了让人羡慕的飞行员、医生、教师、编辑、作家、演员、律师、老板，等等。中国民营企业家李书福，高中毕业后，带着一百二十元钱走出乡村闯世界，他边工作边学习，产生了造汽车的梦想，经过艰辛的努力，使不可能变为可能，创建了中国第一家民营汽车厂，而今已成为年产三十万量汽车的制造商。2010 年 3 月 28 日，他所经营的吉利集团，收购了世界名牌汽车沃尔沃百分之百的股权和知识产权，成了名副其实的世界级的汽车大王，实现了他“让中国的汽车走遍世界”的梦想。美国有个著名影星——硬汉史泰龙，高中辍学后一度成了小混混，他感到此生不能这样放弃，梦想要当个演员，而且决心要成功，于是，他便有意识地到好莱坞打工，干尽零活、粗活、重活，找遍制片人、导演，请求当演员。他遭到一千次拒绝，并没有灰心，后来改为亲自写剧本，在遭到第一千三百次拒绝之后，终于感动了一个导演，让他先拍一集试试。结果，第一集电视剧就创下全美最高收视纪录，他成功了！

人世间没有不可能，只怕没梦想。青少年学了一定要敢于放飞梦想，梦想什么，你就能得到什么。当然，梦想不是做梦，而是具有创新精神的想象力。梦想如果只停留在梦想，就会沦为空想；梦想如果脱离自身实际，就会变成狂想和妄想。要梦想成真，就必须把梦想与理想的种子，一同踩进你脚下的土壤，施之以辛勤，浇之以汗水，假以时日，美丽的梦想之花，就能结出丰硕的成功之果来。

2010 年 6 月

艺术的加减法

二十六岁的米开朗琪罗，回到故乡，用了四年的时间，完成了《大卫》雕像的创作。1504 年 9 月 8 日，作品一经在佛罗伦萨市政厅展出，便立即引起了轰动。

有记者问他："你是如何创作出《大卫》这件杰作的？"米开朗琪罗淡定地说："很简单，我只是去了趟采石场，看到一块巨大的大理石，在它身上，我看到了大卫。于是我凿去多余的石头，只留下有用的，《大卫》就诞生了。"

米开朗琪罗的回答，绝非委婉的谦虚，而是道出了艺术创作具有通用意义的法则，即艺术的加减法。它既是《大卫》雕像的解说词、创作的说明书，又是学习艺术、步入艺术殿堂的指南针。艺术的加减法与他的作品《大卫》，相互成就，相得益彰，对艺术的构思与创作，对美的情操的教育与培养，产生了深远的影响。

米开朗琪罗的《大卫》成为不朽的传世之作，他的艺术的加减法也成为产生新的艺术思想、新的艺术杰作的泉源，受到世人的推崇。对此，思想家梭罗发表感想说："减法比加法更能使灵魂成长。"他是对的。减法让米开朗琪罗凿去了《大卫》身上多余而累赘的石块，也减掉了思想的束缚和牵绊。但从科学和哲学的角度看，仅有减法的“凿去”是不够的，还必须有加法的“留下”，才能使“心中的大卫”站立起来，并从石块中走了出来。

艺术的加减法，不同于普通的加减法，它是作者在创意与石材之间进行的一种整体性的艺术再创作。这种艺术的再创作，看似“很简单”，却很行之有效，它是一切艺术产生的必由之路，也是所有学子通往艺术殿堂的必经之路。

艺术加减法的生命力，是推陈出新。米开朗琪罗接受的创作任务，是雕塑古代少年英雄大卫。他改变了以往用战斗厮杀，或把敌人头颅踩在脚下的俗套，而是选择了战争前，战士准备战斗的形象。正是这个变化，让他在采石场选中了一块被人弄坏、弃置半个多世纪没人敢用的报废的大理石，并在它身上看到了大卫。但这个大卫，已不是成为历史陈迹的大卫，而是带有文艺复兴思想风貌的战士。

艺术加减法的最高境界，是精益求精。它能在纷繁复杂艺术创作的技艺中，帮助你找到创作的灵魂，找准凿多凿少“度”的最佳契合点，借以强化其艺术的表现力和感染力，从而使米开朗琪罗能在体积是《大卫》的数倍的一整块大理石上，凿出身高3.9米、全高5.5米的美男子的艺术雕像。《大卫》全身赤裸，肌肉饱满，强壮有力，头微左视，表情严峻，目光中充满仇恨和蔑视。他左手置抛石袋于肩上，右臂下垂，手背血管偾张，清晰可见，仿佛血液沸腾，激情万丈。他已经做好了战斗准备，只等待战斗号角的吹响。米开朗琪罗的艺术加减法，为《大卫》的石雕像，注入了战士的生命和激情，也凿出了西方乃至世界美术史上，最值得夸耀的、最具艺术感染力的男性人体的雕像。

艺术加减法的工作目标，是表达思想。这说来“很简单”，但要做好，却是极难的。它难就难在要用极高的艺术技艺，在一凿一凿的加减之间，投入时代的精神，从而使作者的思想意图得以表达、聪明才智得到充分的发挥。站起来的是雕像，走得远的却是思想。而要做到这一切，就必须统筹考虑，精确计算，计算得越精确，越出精品，若计算错误，就会出次品或废品。而验证加减法的运用是否是恰到好处的精准，最好的办法是，用减法检验加法，用加法检验减法。可见，艺术的加法与减法，是谁也离不开谁的统一体，是在既对立又统一的互相促进中，完成了思想美与艺术美完美结合的再创作的。

黑格尔说："人没有思想是立不起来的。"一个人是这样，一件艺术作品也是这样。米开朗琪罗是文艺复兴时期巨匠中的巨匠，是与拉斐尔、达·芬奇齐名的三杰之一。《大卫》能在人们心中站立起来，是因米开朗琪罗为它注入了新的思想。《大卫》不负所望，带着米开朗琪罗的思想走向了远方，以至于突破了艺术的界限，在思想的天空，开拓着创世纪的新天地。

我曾在佛罗伦萨仰视过这尊艺术的雕像。站在它的面前，我感到自己的丑陋渺小。我曾想，假如选一个称得上美男子的真人，以同样的姿态站在那里，会比《大卫》更好吗？我的结论是：永远没它那么好，因为，在它身上，有着米开朗琪罗的艺术加减法的雕琢。

我还曾想过，在现实的人生事业的求索中，经常有人把能力水平与艺术挂钩，如说成是领导艺术、军事艺术、烹饪艺术、演讲艺术等等，虽然这些行当与艺术没有直接关系，但专业能力与思想水平的提高，却与艺术的加减法有着不可分割的密切联系。

学子前程远大，要创作出美好的人生画卷，也必须学会、用好艺术的加减法。有人曾说："加法是成长，减法是成熟。"其实，加法减法，都是算法；而加上减下，得到舍去，都含有人生的真谛。

对此，我深以为然。

2019 年 11 月

空袋子是立不起来的

小学读书的时候，有位老师最看不惯学生的懒散和不上进，批评过后总会淡淡地说上一句话："哼！空袋子是立不起来的！"

几十年过去了，当年的学生都已长大，各自成为对社会有用的人，才深切感到老师那带有嗔怪的话语里，流露出对学生怎样的期待和企盼。他送给了学生一个"空袋子"，同时也送给了他们一个立得起来的人生。

普通的袋子，装沙石可以铺路建房，装粮食可以解人饥饿，装种子能够开花结果，装入书信能帮你送向远方……

但老师说的要立起来的这个"空袋子"，却是要学生去装那比任何物品都宝贵的财富——知识。知识就是力量，知识就是品质，知识就是财富。

知识能帮你树立正确的人生观；知识能让你改变弱点走向成熟；知识能帮你走出低谷重塑人生；知识能让你摆脱贫穷走向富裕；知识能使你由黯然无光变得光芒璀璨。知识改变命运，这样的例子，古往今来，比比皆是，层出不穷。

知识，只有知识，才能造就如哥白尼、牛顿、爱因斯坦、爱迪生、马克思、毛泽东、钱学森、袁隆平等这些伟大的人物。也只有知识，才能使中华民族的素质得到全面提升，进而推动社会的全面进步。

袋子空着，虽然浪费，却无大碍；而人，特别是青少年学子，在知识方面是个“空袋子”，这比装物品的空袋子要糟糕得多。青少年没有知识，不学无术，腹内空空，那危害和累及的不仅是他自己及家人，更重要的是影响社会的发展与进步。

青少年是国家的未来。“少年智则国智，少年富则国富，少年强则国强，少年进步则国进步。”有志者，就是要担当起推动时代进步的“今日之责任”，自觉地把自己塑造成对社会有用的人才。树雄心，胸怀祖国，立壮志，刻苦学习，“不求伟大，但求有用”，而只要有用，就会有充实幸福的人生。如果像《红楼梦》中的贾宝玉那样“潦倒不通世务，愚顽怕读文章”“纵然生得好皮囊，腹内原来草莽”，那种“于国于家无望”的“空袋子”的典型，绝不应该是今日学子效法的对象。

今天虽没有产生贾宝玉那样人物的社会土壤，但学习怕吃苦、做事怕出力、胸无大志、没有理想、懒散不上进、遇到困难就退缩的人，还是大把存在的。这与今日蒸蒸日上、蓬勃发展的国家大势的需求，是绝不相容的。

往袋子里装货物，要经得起辛苦，要扎扎实实地从点滴做起，要尽量装得瓷实，切记暄松，才能装得满、站得稳、立得住。装知识的空袋子亦同此理。所不同的是，普通的空袋子容易装得满，而装知识的空袋子却是永远也装不满的。

况且，在知识爆炸的时代，谁也不可能把所有知识都装进自己的“袋子”里去，要优先学好人生最重要的知识，那就是初高中的文化基础知识。这知识学得越坚实，学子就越有自信自立自强之心。待到大学学习专业知识的时候，就会越有理解力和联想力；待到走向社会联系实际运用知识的时候，“袋子”里的知识就能活起来，给你力量，给你智慧，给你带来一个立得起来的且大有作为的人生。

知识来自于实践。而“袋子”里的知识只有与实践相结合，知识的数量和知识的质量才能得到充分的发挥。聪明智慧的中国青少年，一经被知识武装，就会生发无与伦比的伟大力量，就能在知识经济和科技进步的王国里，自由翱翔，为中华民族的伟大复兴，做出更大的贡献。

毛泽东同志寄希望于青年一代时说：“世界是你们的，也是我们的，归根结底是你们的!”学子们，努力吧！一定不要辜负党和人民的期望与重托，要责无旁贷地肩负起这历史的责任。

梅花香自苦寒来，宝剑锋从磨砺出。青少年学子是清贫的，但也是最富有的，他们拥有着青春和未来。青少年学子应不怕吃苦，要有强烈的求知欲望，要把知识当作“最可靠的财富”放在脑袋里，而不忙于聚敛物质财富在衣袋里，才能在丰富多彩的社会实践中，创造出更多财富，建设起更繁荣富强的国家，获得更充实的人生。

知识是力量的源泉，没有知识就没有力量，没有力量，人生是站不起来的。“没有人是贫穷的，除非他没有知识。”“一个人要是没有知识，那他还能有什么呢？一个人一旦拥有知识，那他还缺什么呢？”

知识是青少年真正的立身之本。

一个人是这样，一个民族是这样，一个国家也是这样。

空袋子是立不起来的!

注：邓小平为中国描绘出经济发展分“三步走”的宏伟图景，为青少年发展提供了广阔的舞台。第一步：从 1978 年起到

20世纪80年代末，国民生产总值翻一番。第二步：以1980年为基数，到20世纪末，再翻一番，人均达到一千美元。这个翻两番的目标我们已经提前实现了。第三步，目标更重要、更伟大、更辉煌，那就是在21世纪用三十到五十年时间再翻两番，国民生产总值人均达到四千美元，使中国人民达到中等发达国家的小康生活水平。这个目标也提前实现了。据统计，2021年我国人均GDP将超过一万美元。而后这三十到五十年，正是实现“两个一百年”伟大目标的关键时段，也是青少年学子大展宏图、报效祖国、实现人生理想的时段。一个更加强大繁荣、壮丽辉煌的祖国，必将呈现在他们手上。

2008年10月

分科不分家

进入中学阶段，开始了文理分科。学文还是学理？这个选择很伤脑筋，因为这很重要，它关系着大学的专业方向，和今后的人生走向。

对中学阶段文理过早分科，历来是有争议的。从培养人的角度出发，过早分科，有着严重缺欠与危害。这让我们想起了梁思成先生 1948 年在清华大学做的一次题为《半个人的时代》的讲演，他对文理分家导致人的片面化的问题，做出尖锐的批评。他指出，把科技与人文分家最终导致了两种畸形人出现，即“只懂技术而灵魂苍白的空心人和不懂科技奢谈人文的边缘人”，并疾呼要走出那“半个人”的时代。

先生用这种比喻形容文理分家造成的危害，那是再深刻不过的了。这些思想，即使在今天读来，仍然会起到发人深省的作用。如今，那种文理分家造成的“空心人”和“边缘人”是很难看到了，但是导致产生“半个人”的隐患，却没有完全消除。

文理分科，把学生必备的知识人为地割裂开来，让学生在文科班、理科班里片面发展，久而久之，就会出现“半个人”的影子。在这种分科教育的氛围底下，不少青少年学子盲目地过早放弃某些学科，有的甚至从一入高中就把自己确定为文科生或理科生，从而排斥其他，这是极为有害的做法。

虽然高中课改方案已经注意到了这个问题，但解决起来却很难。因为这是个系统工程，需要普教、高教特别是与高校招生考试制度相关的改革，统筹考虑，协调动作，才能奏效。现已引起了相关方面的高度重视，相信会有个良好的解决办法。

但对学子来说，我们却不能等，而是要立即行动起来，从能做到的事情做起。“重要的就是不要去看远方模糊的，而要做手边清楚的事。”那就是全面扎实地掌握中学阶段的知识，把基础打好。从这个意义上讲，中学阶段的重要性，胜于大学阶段。有些人仅从追求考分的角度看问题，片面追求学科成绩，把文理对立起来，把追求眼前分数和全面素质培养分割开来，这是非常有害的。爱因斯坦说：“过度强调学术上的竞争，为立竿见影而过早地专门化，两者只会扼杀了整个文化赖以生存的精神，最后连专门知识也不能发展了。”这是足以令人深思的。

知识可以分科，而人的整体文化素养却是不能分科的。在人的素质里，文理知识是互相交融、互相依存、互相促进的关系，而并非对立的关系。为了应对高考，有侧重地适当分科备考是必要的，但作为知识能力的储备，努力做到文理分科不分家，这才是聪明的选择和做法。

笔者从事高考招生录取工作多年，经历了高考从形式到内容的不断改革，高考由恢复高考初期的考七科、五科到近些年的三加X，到分文综和理综的考试科目，不断地在缩小文理科之间的隔膜。经验告诉我们，无论怎么改、考什么、怎么考，都有一个共同的现象，在获得高分的考生里，很少能见到偏科者。《学子》杂志所登几十篇高考满分作文，里面有相当一部分是出自理科生之手，文理知识均衡全面发展，是获取高考好成绩的必经之路，也是培养全面发展人才的必由之路。相反，偏科生尽管相当努力地学习，还是有相当多的人丢掉了不该丢的分数。经验证明，靠增加单科难度拔高偏科分数，而放弃各科考试知识的均衡发展，是得不偿失的。它必然会造成高考成绩丢分过多、总成绩不高的现象发生，致使高考录取与一表无缘，与二表差之毫厘，与理想的大学失之交臂。想走捷径，却跌入了误区，实为偏科所误也，哀哉！

过度分科导致偏科教育，不仅误人子弟，也贻害国家，这绝不是危言耸听。试想，理科学生不学历史、地理、政治，文科学生不学物理、化学、生物，就会导致科学精神、人文情怀缺欠，科学与人文互相分离，这样的“半个人”很难面向世界、面向未来成为引领时代风骚的排头兵，完成国家赋予的“两个一百年”振兴中华的历史重任。为此，未来的教育，必须要克服文理过早分科的弊端，必须站在时代高度，顺应时代潮流，才能把握时代的未来。

首先，我们必须要从国家的长远利益出发，以“树立和落实科学发展观，实现人的全面发展”为目标，坚持以人为本，这是对教育及改革提出的战略要求。文理分家，片面培养，也不利于中学生进入大学后的通识教育，及综合素质的提高，更不利于科学发展观的树立和培养。

其次，我们必须放眼未来，抓住教育的国际化、综合化、信息化，教育、经济、科技一体化的大趋势和潮流，来培养自己的后备力量。我们的青少年学生也要有世界眼光，要有雄心壮志，立志把自己塑造成为符合世界发展潮流的高素质人才，以应对在计算机和因特网诞生后，科技进步和知识经济的紧密交融发出的巨大挑战。这是时代的呼唤，抓住它你就能尽快走向先进，更加先进，否则就会落后，更加落后。

未来的竞争，说到底就是人才的竞争。为了应对挑战，抢占世界人才的制高点，世界各国纷纷制订了自己的人才发展战略规划，改革现行弊端。

其三，我们必须要培养出更多具有时代意识、与时俱进、全面发展的新型人才，才能稳步走在世界前列，把握未来，引领未来。每个学子更应认识到，人的成功，既要重视智商的提高，还要有发达的情商。智商与情商的培养，二者是并行不悖的，而情商的培养运用，甚至比智商的提高更难，它需要更长的时间，更多经验总结的积累，并在实践中对比选择，才能把其中的奥妙体味出来。从某种意义上讲，它对人具有更大的影响力。情商属于个人的思想品质范畴，在人际关系发展中，占有重要地位，而高情商与良好的人际关系，是不可能用数学公式计算出来的，但它却决定着人生的走向和成败的结果。

大科学家爱因斯坦在1952年的《纽约时报》上说道："只教授一门专门的知识是不够的。因为如此，学者只会变成一台有用的机器，而非具备完整的人格。学者必须才德兼备，与美善为邻。徒有专门知识，只不过像一头训练有素的狗，而非仁人君子。学者必须了解人类的渴求、理想以及痛苦，这样才能在群体与社会当中找到安身立命之所。"学子要有坚强的理想信念、高尚的情操及爱国主义情怀，关心国家民族的前途命运，有经受挫折百折不挠的意志，有控制情绪情感的能力，有与别人沟通协作的优良品质，才能在未来世界的政治、经济、文化、教育、军事、科技、环境进行的广泛合作与发展中，发挥更大作用，为国家做出重大贡献。

如上所述，并不是过高的要求，现今普及高中已成为现实，今天的中学生，特别是高中生的知识结构，决定着明天劳动者乃至全民族的素质走向。我们既要克服文理分家造成的弊端，又要有在全面发展基础上的重点选择，只有这样，才能使青少年学子知识素养得到全面发展。当他走向社会，无论从事什么样的职业，他都能自如地发挥出自己的知识储备和能量，圆满地完成各项工作任务。

正如卡耐基所说：“你要不能做条大路，就做条小径；你要不能做太阳，就做颗星星。不要以大小来决定你的输赢，但要做，就做最好的你！”

2009 年 1 月

读《戒石铭》有感

这是一篇古代警戒为官者清廉的铭文。原文出自中国湖北，古楚地京山县。该县有名胜景地“空山洞”，洞前石壁赫然镌刻着十六个大字：“尔俸尔禄，民脂民膏；下民易虐，上天难欺。”这壁刻并非古代真迹，而是从日本“舶来”的中国古迹的仿品。

《戒石铭》的文字，原出在后蜀，由谁人所作，无从考证，只是到了宋代已经广为流传，再后来又渐不为人所知。到了明嘉靖年间，有个叫罗向辰的县令，是个主张清廉为官的人，又将此文复刻于县衙之上。而后就再也没有了下文。不知怎么的，其拓片竟传至日本，日本二本松市据此拓片将十六个字刻于一块巨石上，称为“戒石铭”，让“日本为官者必诵之记之”。后来，日方得知此舶来的文字源自中国楚地京山，故二本松市与京山县结为友好城市，并建楼阁以纪念之。《戒石铭》旧时拓片，又在故土重新绽放光彩。

据此，确实让国人感慨系之！这方《戒石铭》，虽几经沉浮，即使流落异国他乡，也能落地生根，备受尊崇，这绝非偶然。《戒石铭》包含着一个朴素的真理，而只有真理，才能够有这样的时空穿透力和敲击人心的震撼力。渴望清官，憎恨贪官污吏，这是一个世界性的人民意愿。《戒石铭》，名为戒石，实则戒贪，就是告诫那些为官者，不要忘记是百姓养活了你，你的工资奖金，均来自百姓的血汗，劝君不要当贪官污吏。这种思想，在人类社会史上无疑是个充满正能量的进步。民意不可违，天理不可欺。纵观历史跌宕起伏，贪官污吏到头来，终是被千夫所指，没有一个是有好结果的。

《戒石铭》失而复得，并没白走一回，也给国人带回来新的思考。对《戒石铭》的态度，正是清官贪官的分水岭、试金石。人间正道是沧桑。明朝那位县令，敢于把铭文高悬于县衙之上，警示自己努力做个清官；获得拓片的那个日本人，勇于把铭文公之于众，刻于石上，让“为官者必诵之记之”，警钟长鸣，都是正确的为官之道，是应该效法的榜样。

《戒石铭》回到阔别的故土，应该受到更多的尊崇和敬畏，在人民走向共同富裕的今天，更要把它悬于堂上，刻于石上，记在心上，体现在行为上；更要教育子孙后代，要把这祖先留下却是拓来的十六个字，作为一种宝贵的精神财富，铭记在心，永远传承下去，让为官者，或者是将来的为官者，上好这重要一课，走好这为官的正道。

我知道，广大学子中，一定有人会在今后的某一天，成为“为官者”，无论你官居何位，都请千万记住“尔俸尔禄，民脂民膏；下民易虐，上天难欺”这十六个字，因为，那是你清廉为官必须尊奉的座右铭。

2011 年 6 月

美哉，我少年中国

十八大为中国的未来描绘出一幅具有中国特色、五位一体的建设美丽中国的发展蓝图。这是建设强大国家的动员令，是使人民尽快过上小康生活的福音书。

美丽中国，需要美丽少年去建设。这是中华民族历史上从未有过的宏伟大业。少年学子，怎样迎接她面对她，怎样做个美丽少年，这不仅是关系个人前途命运的私事，也是关系未来国家强弱兴衰的国事。国家的希望在未来，未来的希望在青少年。少年的今日，就是中国的明日。

昨日的中国，曾被世人嘲讽为“老大帝国”，大而老旧的国度，遗老遗少充斥，贫穷愚昧蔓延，很不美丽。百年的屈辱史，曾让多少殖民主义者拍手称快，暗自窃喜。然而，自从共产党人领导后，打败了侵略者，推翻了三座大山，建立了新中国，封建、屈辱、贫困、落后、被动挨打的局面，一去不复返。改革开放，不断给世人带来振奋人心的好消息。“天宫一号”把月球玩转；航空母舰开始走向深蓝；2011 年中国已成为了世界瞩目的第二大经济体；人民生活正在稳步走向富裕……中国强大了，某些人开始望而生畏了，“东亚病夫”也变成了“中国威胁论”了！政治围堵、经济封锁、科技限制、军事反制等等都来了，又奈我何！换了人间！

建设美丽中国，就是要建设有中国特色的社会主义强国。这个前无古人、后有来者的宏伟大业，就落在广大青少年的肩上。这条前进之路，并不笔直平坦，同样充满荆棘和坎坷，必须要克服诸多前人没有遇到过的困难和艰辛，才能把建设美丽中国的理想变成中国美丽的现实。因此，必须培养大批美丽少年，共同奋斗，才能完成这一伟大历史使命。

美丽的中国少年学子，既要胸有大志，立志成才，自强不息，坚定不移，在建设具有中国特色的社会主义道路上，接过前人的薪火，继续开拓前进，铸造新的辉煌；又要牢记历史教训，增强忧患意识，从中汲取智慧，积聚力量，矢志不渝，不改初心，才能在稳步前进中实现预定目标。忘记这个伟大的目标任务，就会失去方向动力，忘记历史教训，看不见危险与忧患，就会失去立足根基，目标也会荡然无存。涉世不深，不是忘却的理由。忘记意味着背叛，感恩才会有继承。生于忧患，死于安乐，史迹可鉴。

此刻，笔者记起了梁启超先生在百年前的《少年中国说》中，对中国少年发出的百年的期盼和呼唤。当时（1900 年）中国正处于封建愚昧、腐朽没落的状态，那时的旧中国，已经旧得不能再旧了，但梁先生并没有因此而悲观失望，他在“中国少年”身上，看到了希望，坚信“少年中国”必将如太阳东升般强盛。文章充满强烈的爱国主义的激情，这激情激励着一代又一代青少年学子，扬起思想的风帆，肩负起伟大的历史使命，为人民翻身解放，国家繁荣昌盛，生死拼争，并建立了不朽的历史功勋。

文章所写的旧时代已经一去不复返，但一百年来的中国少年，读着《少年中国说》，在“救中国”的拼争中，创造了无与伦比的辉煌。今天，在坐拥胜利辉煌的时刻，先生的文章仍然焕发着巨大的精神力量。它是一面镜子，在鲜明的对照中，照射出中国改天换地的历史巨变。文章如陈年老酒，性烈而诱人，魅力不减。相信今日中国少年，在拜读后，仍然会激动不已，受益匪浅，为国家为民族，尽自己应尽的责任，以不负先人的期望。这是我们的责任，这是我们的使命，这是我们的信仰。

新的历史征程已经开始了。梁启超的百年呼唤，对坚持以史为鉴，强化初心，积聚力量，勇于担当，为完成“两个一百年”振兴中华的宏伟大业，仍有着巨大的现实意义和深远的教育意义。梁先生的文章饱含着丰富的思想内容，笔者以为应该重点学习思考者，有三点：

一曰：国之荣辱，唯少年当之。

青少年的命运与国之命运，是捆绑在一起的，青少年担当着建设国家未来的重任。先生从他那个旧中国出发，对中国的未来，对未来的学子，满怀期盼，百年呼唤，至今仍声如洪钟大吕，振聋发聩：

“若我少年者，前程浩浩，后顾茫茫。中国而为牛为马为奴为隶，则烹脔棰鞭之惨酷，惟我少年当之。中国如称霸宇内，主盟地球，则指挥顾盼之尊荣，惟我少年享之。于彼气息奄奄与鬼为邻者何与焉？彼而漠然置之，犹可言也。我而漠然置之，不可言也。使举国之少年而果为少年也，则吾中国为未来之国，其进步未可量也。使举国之少年而亦为老大也，则吾中国为过去之国，其澌亡可翘足而待也。”

二曰：国之富强，少年之责任。

先生大声疾呼，青少年要心志高远，全面发展，立志成才，为未来国家的强大，做出自己应有的贡献。面对前进路上的阻挠，他的呼唤，仍是对今日时代学子的巨大激励：

“故今日之责任，不在他人，而全在我少年。少年智则国智，少年富则国富；少年强则国强，少年独立则国独立；少年自由则国自由，少年进步则国进步；少年胜于欧洲则国胜于欧洲，少年雄于地球则国雄于地球。”

三曰：国家强大，少年辉煌。

先生以激情澎湃的排比句式，寄托了对中国少年和少年中国的期待和希望，坚信中国必将如旭日东升，展现出无比灿烂的辉煌。今天，学子与国家共同崛起；明天，国家与学子将共同辉煌。

“红日初升，其道大光。河出伏流，一泻汪洋。潜龙腾渊，鳞爪飞扬。乳虎啸谷，百兽震惶。鹰隼试翼，风尘翕张。奇花初胎，矞矞皇皇。干将发硎，有作其芒。天戴其苍，地履其黄。纵有千古，横有八荒。前途似海，来日方长。美哉我少年中国，与天不老！壮哉我中国少年，与国无疆！”

中国少年百年的成长史，国家百年的进步史，验证了先生的伟大预言，而先生的预言，也必将在实现中国梦“两个一百年”的伟大实践中，得到进一步的验证！

这是一项何等壮丽的事业，把青春的火焰融入其中去吧！值！

2013 年 1 月

浅谈青春期之恋

关于“中学生可不可以谈恋爱”的问题，至今也未有过一个一言以蔽之的结论性意见。因为它确实很难回答，简单地说可以或不可以，都不能说清楚这个问题。本文将换一个角度提出问题，希望引发一点新的思考，也许会起到拾遗补阙的作用。

谈恋爱恰如学子青春期的春梦，伴着“春眠不觉晓”的一觉醒来，中学生青春期的性意识也随之觉醒，它给同学间“处处闻啼鸟”般的交谈，送去了一种对异性心向往之、情相依之、爱相恋之的特殊情感。这种异性相吸的感情，是谈恋爱的萌发地，爱情的始发站；是生理开始成熟带来的心理需求在情感世界的歌唱；是人生由此步入爱的情感世界的一个盛大节日。对此，上帝庄严地说，性与爱那是他赐予人类最高贵的礼物。科学严肃地说，那是生命律动必然奏出的乐章。诗人浪漫地说，哪个少女不怀春，哪个少年不钟情。都从不同角度，对这青春期之恋，给予了热情的讴歌与肯定。

然而，当这青春期之恋，让怀春与钟情相会，由爱恋（暗恋）变为面对面谈恋爱的时候，人们对它的态度却发生了变化。“谈恋爱”仨字，成了家长老师最不待见、诟病最多、最头痛的名词。谈恋爱与爱恋，本是青春期之恋的孪生姊妹，为何谈恋爱却遭如此冷遇？直观原因很简单，是因为谈恋爱影响了学子的学习，触动了家长和老师的底线。

为什么？因为谈恋爱是用对爱情的追求，削弱了学习的热情，改变了立志的方向。它用“寤寐思服，辗转反侧”的相思，代替了“学而不思则罔”的学思；它分散学习精力，使成绩下降，使学子与理想大学失之交臂。至于偷吃禁果等问题的发生，也都是因为谈恋爱而惹的祸。

于是，家长和老师有理由认为，谈恋爱是偷走学习热情的盗贼。在有些人看来，早恋是一种不良行为，它的“负面影响的弊端”，像病毒一样，害处很大，学子只要一谈恋爱，害处就会自动显现出来，危害他的学习生活。为了防范它的危害，有的把“防火防盗防早恋”作为工作口号，采取学校、老师、家长三位一体的联防联控措施；有的还实行暗中监视，发现蛛丝马迹，便施以高压政策，苛责训斥在其先，围堵打压断其后。其中被冤枉者有之，被吓阻者也不在少数，也有继续谈恋爱的人，却是被迫转入地下，偷偷摸摸地去进行。殊不知，对青春期恋爱采用这种教育方法，带来的危害，比谈恋爱对学习的危害更大。

古人曰：“防民之口，甚于防川，川壅而溃，伤人必多。民亦如之。”靠围堵打压堵嘴巴的方法防止谈恋爱，其危害亦如是。主要害处有：

它激起了学子的逆反心理。逆反心理，是一种消极心理。学子一旦被它俘虏，就会被攀比心等不良心态绑架，在传媒过度渲染爱情及社会不良风气的攻击面前，丧失抵御能力。逆反心理改变不了环境，却能使消极的心态变得更加消极。逆反心理越重，阻力越大，纠正越难。

它扭曲了爱的心灵。青春之恋萌发的花朵，是一种幸福美好的情感，在围堵打压下，它被扭曲成卑微胆怯的心态，让谈“爱”色变的恐惧感、负罪感和羞耻感，贯穿谈恋爱的始终。这与纯真高尚爱情的本心形成了尖锐的对立，对其造成了严重打击和伤害。

它加大了负面影响蔓延。据有关调查，在高中三年里，谈恋爱的比例是逐年级上升的，到高中高年级有过谈恋爱经历的人，达到了百分之五十以上，而在这其中，又有百分之八十以上的人是背着家长老师去谈恋爱的。意在防控，却造成了群体性失控，一个本来通过科学知识与情感教育就可以解决的小问题，却变成了一个棘手的“老大难”问题。

它让围堵者们背离辩证唯物主义，走上唯心主义形而上学“以果证因”的错误道路。它把现象当本质，把假象当真相，借纠正错误之名，全盘否定谈恋爱，恰如泼洗澡水把孩子也一同泼掉。谈恋爱成了人为的假想敌，把谈恋爱与学习、与理想前程，变成了水火不相容的死对头。这是产生错误教育的思想根源，亦是解决该问题的思想障碍。用这种方法纠正错误，只能离正确越来越远，离错上加错的错误结果越走越近。可见，“不准”谈恋爱的害处，与谈恋爱危及学习的害处相比，是更值得重视的问题。

看深渊久了，深渊必回以凝视。谈恋爱出错，并不可怕，纠正也不难，难且可怕的是那些围堵者们并没意识到那是一种错误的教育，并仍以占相对优势的话语权，在“以果证因”的“围”棋局里，继续干着把错误当正确的错事！

教育家罗素说：“对于爱情，一个人出生时是无知的，但不愚蠢，他是受了教育后变得愚蠢的。”对谈恋爱围堵打压，也许就是一种这样的教育。这虽然并非青春期之恋教育的主流，但在那个特定的区域里，却是一个非常值得家长、老师及教育工作者们深思的问题。

我不知道这样提出问题对不对，但我知道："提出一个问题往往比解决一个问题更重要。"我深信，以往的那种错误教育，不会永远停留在原地。

2020 年 5 月

中国梦，学子的梦

时间的刻刀，把时光切割成今天明天，又把今天明天分割成去年今年，若干年后又分割成年代、世纪。但年和年不一样，时间的重点也有不同。在 2014 这新的一年即将来临之际，党中央审时度势，把党的十一届三中全会以来所取得的成就，与党的十八届三中全会全面深化改革的要求，在新的时间节点上，进行了伟大交割，完成了传承和延续。

两个三中全会，贯穿着同一个“中国梦”——人民富裕，国家强盛。

三十五年前，党中央提出了现代化“三步走”的伟大构想，即在 20 世纪末的二十年里，要实现国民生产总值翻两番，切实解决温饱，并达到小康水平的伟大目标。我们提前完成了这个艰巨任务，初步圆了中国人民摆脱贫困、实现富强的梦想。

三十五年后，党中央提出了实现“中国梦”的宏伟设想，把实现现代化的步伐推向了第三步，即要在 21 世纪中叶，实现全民共同富裕，达到中等发达国家水平的目标。这是一个涉及十三亿人幸福的中国梦，关系民族复兴大业的中国梦，也是学子最美好的青春梦。

三十五年过去，一代又一代的学子，走出校门，投入到现代化建设的大潮中去，与改革创新同呼吸共命运，能做栋梁的做栋梁，能做门楣的做门楣，与国家建设一同成长，发挥了生力军的作用，为共和国立下了汗马功劳。但时间不会停歇，它的特点是不断送走辉煌，不断迎接新的挑战。学子的荣誉、责任、辛劳、光荣、尊严、希望，都将在实现中国梦的大舞台上燃烧释放，让青春的生命与才华，在建设美丽中国的大地上，尽情地燃烧，尽情地挥洒，让“中国梦”的七彩祥云，绚丽多彩，光照中华。

三十五年的辛劳和付出，三十五年的改革与创新，焕发了中华民族无与伦比的创造伟力，取得了举世震惊的中国奇迹。“中国梦”，是中国人民坚持走社会主义道路，走向富强之梦，是宝贵的思想财富和巨大的精神动力。对此，想一想，让人激动；论一论，让人振奋；看一看，让人充满豪情。而要说明“中国梦”的好，最有效的办法，是用数字说话：

三十五年前的 1978 年，中国国民生产总值仅为 3645 亿元人民币，世界排名第 15 位；到 2012 年，则增长为 52 万亿元人民币，增加了 143 倍，经济总量跃居世界第 2 位。

三十五年前的 1978 年，中国人均年收入仅 381 元人民币，世界排名倒数第 2 位；2012 年已达到人均 28000 元人民币，增长了 74 倍，近 3 亿人口脱离了贫困。

三十五年前恢复高考时录取率仅为 5%；2013 年部分省市已达到了 80% 以上，大众化的高等教育，代替了千军万马过独木桥。

三十五年前的 1978 年，中国粮食总产量 30476 万吨；2013 年达到 60193 万吨。

三十五年前的 1978 年，全国高速公路零公里；2012 年已达 9.6 万公里，排世界第 2 位。进出口贸易、铁路、航空、电力、煤炭都名列世界的前茅，文化、科技、教育、医疗、金融、国防都获得了突飞猛进的发展。

三十五年，时间对所有国家都平等，伟大的发展为何唯独钟情中国？数字能计算出数值的多少，而产生这数值的原因，却有着数字无法计算出来的奥秘。那么，崛起的奥秘何在呢？那就是贯穿两个“三中全会”间的“实事求是”、“从实际出发”、脚踏实地、真抓实干的思想路线，和保障这条思想路线畅通无阻的那条具有中国特色的社会主义道路。应该看到，这是所有成就里最大的成就，所有财富里最可宝贵的财富，是所有成功里最值得尊敬的成功。

年代在切换，年轮在增加。我们一定要牢记那些宝贵的经验和教训，克服“两耳不闻窗外事，一心只读圣贤书”的毛病，做到既要“风声雨声读书声，声声入耳”，又要“国事家事天下事，事事关心”，让学子梦与中国梦，梦梦相连，梦想成真！

2014 年 1 月

关注学子，就是关注未来

我们的祖国蒸蒸日上，民族复兴正在逐步实现，值此伟大时刻，《学子》杂志与学子们奋发图强，携手共进，把累累硕果留给了过去的一年。学子们又揣着理想，怀着希望，满怀豪情地去开拓新的征程……他们将与祖国一同成长，他们将与祖国一同走向富强。

“故今日之责任，不在他人，而全在我少年。少年智则国智，少年富则国富，少年强则国强。”伟大思想家梁启超，在百年前把国家富强寄希望于中国少年的一段文字，今天读来，仍让人心潮澎湃，壮心不已。

今日的祖国，实现了中华民族历史上，从未有过的繁荣强盛。

今日的我们，又更加豪迈地向新目标前进。党中央向全国人民提出了到21世纪中叶，中国要达到中等发达国家水平，全民进入小康社会的奋斗目标。这是中国人民彻底告别贫困、走向富裕的福音书。

今日的少年，应无愧于这个伟大时代，责无旁贷地承担起这历史的“今日之责任”，刻苦学习，立志成才，“不求伟大，但求有用”，以期不辜负党和人民的希望与重托。

有生之年，能为国家强大、民族昌盛而效力，这也正是学子的前途所在、希望所在、力量所在，也是《学子》杂志的责任所在、信心所在、光荣所在。

《学子》无论过去还是将来，都将始终与学子们同呼吸共命运，做学子们的知心朋友，做教师和家长的好帮手。当他们迷茫的时候，和他们谈人生、谈理想；当他们学习上遇到难处的时候，和他们共同求解；当他们要进考场的时候，和他们一同减压，保持平和心态；当他们填志愿的时候，和他们一起度过那难熬的夜晚；当他们青春萌动的时候，和他们相互诉说心底的悄悄话……等他们长大了，成为国家的栋梁之材，《学子》也会伴随他们，并成为他们心中一首永远美好的歌。

《学子》创办于2006年3月，彼时正是春寒料峭，至今已成功地出版了二十四期。办刊经验不足，编辑、发行、广告等业务不熟的问题，已经得到较好的克服，并得到了广泛的好评和热情的支持。《学子》不会停息自己的脚步，因为它刚刚起步。

学子恰如天空绚丽的朝霞，壮丽而多姿，展现出应有的魅力，孕育着无限的生机和活力。

我们不缺少种子，而是缺少播撒种子的人。值此除旧布新、春回大地、跨入新一年的伟大时刻，我谨向那些关注学子、为时代进步播撒种子、为种子发芽生根注入生机活力的仁人贤士，表示崇高的敬意！向那些为《学子》茁壮成长播种、耕耘、施肥、浇水，为《学子》开花结果付出辛劳的园丁们，表示衷心的感谢！

关注学子吧！

关注学子，就是关注未来！

2007年1月

摩擦的学问

谁都见过夜空划过的流星，拖着明亮的光，瞬间消失在茫茫黑暗之中。这光，不同于月光星光灯光，是陨石和空气摩擦生热燃烧发出的摩擦之光。摩擦之光产生的巨大能量，足以把钢铁般坚硬的陨石瞬间变成尘埃，随着流光消逝，散落长空……

谁都听过天空的雷霆，那是云在摩擦中产生电能的放电效应，雷霆顺着闪电，点燃了树木深林，给人类送来了“天火”和各种烤熟了的美味食物。从此，人类知道了火的好处，学会了保护火种，学会了钻木取火和用燧石击火。恩格斯曾高度赞扬了摩擦取火和吃火烤熟的肉食，对人脑髓的发达和人类的进化所产生的“具有非常重大意义”的影响。

摩擦取火是人手与脑擦出的火花，是打开人类智慧之窗、照亮人类心灵的神灵之火，是永远值得人类庆贺的伟大事情。

摩擦取火被广泛应用后，人对摩擦的应用也得到深入发展。《诗经·邶风·泉水》中有“载脂载宣，还车言迈”的诗句，西晋张华所著《博物志》中提到酒泉有石油，用于“膏车及水碓甚佳”，说明那时人类已懂得用油脂润滑车轴，以减少摩擦的阻力，提高运输的效率。

随着生产力发展，人类对摩擦的认识和控制水平，也在不断提高。有效利用摩擦，控制减少摩擦损耗，就成为决定生产效率和产品质量水平的重要标志，成为衡量生产力发展水平的重要尺度。只有控制好摩擦，汽车才可以在高速路上奔驰，轮船才可以在海上航行，飞机才可以在空气中飞翔，人类生产生活才可以有序地进行。如果没有对摩擦的控制和科学利用，工农业生产寸步难行，螺丝拧不住，机器转不动，棉线织不成布，音体活动难进行，甚至连洗脸梳头刷牙、穿衣吃饭呼吸，都不可能发生。没有摩擦和对摩擦的控制，人类就无法生存、生活，科学技术生产力水平也不可能得到应有的发展。

可见，摩擦是门极大的学问，是生产力提高、科技进步发展的必经之路。如果说摩擦是一种自然的力量，摩擦学则是科学控制自然力量的知识的力量。摩擦学的创立，是社会生产力发展对知识需求达到一定程度的必然结果，与那位“中世纪最早醒来的人”有着密不可分的关系。

那个人就是列奥纳多·达·芬奇，一个被称之为“大自然再也不能造就另一个这样的人物”的旷世奇才。在四百八十多年前，是他，创作了油画《蒙娜丽莎》《最后的晚餐》，成为世界级的不朽画家；是他，把摩擦引入理论的轨道，从而奠定了摩擦学的科学基础；是他，在自然科学领域如数学、力学、光学、解剖学、植物学、动物学、人体生物学、天文学、地质学、气象学、水利工程学、机械设计等学科缔造方面，都有着同样伟大的建树；他还是著名的音乐家、雕刻家和文学家。在那个产生巨匠的时代里，达·芬奇是其中最有影响的一位。

此后，摩擦学便得到广泛应用，成为减少摩擦、降低损耗、提高效率的重要课题。在生产生活中，人们使用的物品，都是在摩擦中生产的，也是在摩擦中磨损消耗的。摩擦与磨损同时并存，摩擦能创造人们需求的各种用品，摩擦也能使产品由新变旧、由好变坏，最终报废。在生产和使用中，如何降低摩擦带来的损耗，延长生产工具、生活用品的使用时间，就成为摩擦学必须面对的重要课题。可见，最大限度地减少生产中摩擦的损耗，提高产品使用中抗摩擦的质量，就成为提高生产力水平的一个极为重要的内容。

随着摩擦学的发展，摩擦磨损与润滑效能间的相互关系更加清晰，摩擦学已成为大学工科学习的必修课程，受到了高度的重视。早在 20 世纪 60 年代，英国科教部门就组织了摩擦科研与教育、需求和运用情况的调查。结果表明，只要在生产中充分运用摩擦学的原理与知识，就能改进摩擦损耗过大的问题，节省下来的损耗约占国民生产总值的 1%左右。根据这项报告，政府把这门关于摩擦、磨损、润滑、节约、效能的科学技术，广泛地应用到自己的研究、推广和生产中去，并引起了世界性的广泛重视。

据世界一般统计认为，生产中的一次能源，大约有 1/3 是在摩擦中消耗掉的，生产工具约有 70%的损耗，是在自身的摩擦中磨损掉的。目前，我国 GDP 总值约占世界的 4%，却消耗了占世界 30%~40%的钢、50%的水泥，中国同量 GDP 的能源消耗是美国的 2 倍、欧洲的 3 倍、日本的 4 倍。要赶上或接近国际先进水平，我们不仅要推动生产力的发展，还必须重视摩擦学的应用，在人们还不太重视的领域，降低摩擦的损耗，才能为推进生产力的发展，开辟出新的通道。

我国对摩擦学应用的研究也非常重视。早在 2004 年，在北京主持召开的摩擦学科学与工程前沿研讨会，中国工程院中国科学院有 14 位院士参加了会议。会议以“高新技术发展中对摩擦学的挑战”为主题，围绕“摩擦学与高新技术、装备制造、节能、环境和可持续发展”，着重进行了探讨与规划，为摩擦学在我国的推进，起到了重大的促进作用。

摩擦无处不有，摩擦学的应用也就无处不在。如今，大到机械制造领域，以及航天、航海、交通、生命科学、各种武器制造、仿生和微纳米技术的研究和应用方面，都离不开摩擦学的研究与应用；而小到日常生活，各项文体活动，都离不开摩擦学的应用。如研究海豚皮肤的摩擦，可以改进舰艇船体的设计；研究人造心脏瓣膜的摩擦，可以大大延长人的生命；研究空气摩擦，可以制造各种飞行器，还可以唱出动人的歌曲，每个音乐大师都是控制摩擦的高手；研究体育运动的摩擦，可以提高运动成绩，如在塑胶跑道（即聚氨酯）能比在普通跑道上快 0.2~1.03 秒，仿鲨鱼皮泳衣可以使游泳运动员减轻摩擦阻力，提高速度 0.15 秒。2000 年悉尼奥运会，澳大利亚运动员穿上仿鲨鱼皮泳衣，一举摘得 3 枚金牌；2008 年北京奥运会，美国运动员菲尔普斯穿上鲨鱼皮泳衣，又夺得 8 枚金牌，创造了世界奇迹。地壳移动、火山喷发、地震和海啸发生的原因，也都是摩擦的结果。可以说，摩擦学利用与控制的研究与应用，涉及国计民生的所有问题，是关系国家科技进步、生产力发展的永恒不变的课题。

有理由深信，凭中华民族的聪明智慧，凭一代代有理想有抱负、人才辈出的青少年的拼搏努力，我们有能力有信心把各种摩擦的损耗减到最低程度，使能源和材料的消耗降到最低限度，把 Made in China 的产品造得最好，让中国制造的高速列车，更加高速地向前奔跑！

2007 年 10 月

尊　　严

举世震惊的汶川大地震渐渐离我们远去了。

这是一场空前的灾难！但是，它同时也留给了我们一笔极为宝贵的精神财富——尊严。

在巨大的灾难面前，我们的人民群众、部队官兵、国家领导人都表现得极有尊严，这是一个伟大民族优秀品质的再现。

山崩地裂何所惧，房屋崩塌只等闲。灾难能夺去生命和财产，却夺不走人民的尊严。死去的人，有尊严地死去；活着的人，也有尊严地活着。在灾难面前的人民群众，没有半点恐惧退缩，他们不顾个人的安危，也没有时间为家人的故去而悲痛，而是毅然决然地把生命投入到同灾害的斗争中，不顾一切地去救助别人。迎着余震，临危不惧，迅速自救，勇敢坚强，涌现了许许多多气壮山河的英雄人物，留下了许许多多催人泪下的感人故事，在中华民族的奋斗史上，又矗立起一座座顶天立地的不朽丰碑。

当群众徒手扒开映秀镇小学教学楼垮塌的一角时，只见教师张米亚跪在废墟里，双臂紧紧搂着两个孩子，孩子还活着，但他却离开了人世……

德阳市东汽中学教师谭千秋，张着双臂趴在一张课桌上，死死护着桌下的四个孩子。孩子们得以生还，他却永远地离去……

学生白乐潇，刚冲到宿舍门口时，一块巨大的水泥板将他的左手臂“切”住，瞬间，血肉模糊的手臂只剩下皮肉与身体相连，一条狭窄的逃生缝隙被占据，身后几十个同学在喊：“救命啊!”危急关头，这个十二岁的少年拼尽全身的力气，把胳膊拽断，为同学让出一条生路……

在短短的两分钟时间里，雷楚年两次返回教室，带领七名同学脱险。当把最后一名惊吓过度的女生连抱带推地送出教学楼时，楼梯在眼前垮塌，他又迅速返回二楼教室，推开窗子抱着一棵树跳到一楼，还没等跑到操场，整个教学楼就垮塌下来，成了一片废墟……

小英雄林浩被塌下来的楼板挡住，见有女同学在哭，就组织大家唱《大中国》。在连续救出了两名同学之后，第三次又返回教学楼救人，这时楼板再次垮塌，他又被埋在了下面，是老师把他从废墟中救了出来……

映秀镇幼儿园老师聂晓燕，焦急地看着武警官兵用手扒开废墟，挖出她自己的孩子时，撕心裂肺的呼叫像山崩般暴发：“娃，妈妈来不及呀……”地震时，孩子们都在睡午觉，她一手一个抱出了两个孩子，而她自己的孩子却留在了废墟里……

五十二岁的大妈被压在水泥板下，官兵们几次救援都没成功，并且生命也受到巨大威胁。她对官兵们大声说：“你们别管我了，这里很危险，放弃我吧！你们去救别人!”然后用碎玻璃片割腕自尽，极有尊严地离去……

一声令下，十多万名官兵，四十多位将军，直赴灾区。为了搞清震中情况，伞兵们硬是突破禁区，在五千米高空，从机舱里跳了出去！神兵天降！紧接着，陆军、空军、海军、武警消防官兵从四面八方涌入震区，是他们第一时间从废墟中抢救出无数的生命。

一名河南消防战士，在废墟中艰难地抢救出一名男生后，发现里面还有活着的人，在废墟夹缝挤压中艰难伸出的手还在微微抖动，便马上投入了新的战斗。经昼夜挖掘打凿，终于救出这位生命垂危的妇女，我们最可爱的战士，却昏倒在废墟上……

郎铮是个被官兵从废墟中救出的孩子，只有三岁，躺在担架上，却艰难地举起右手，向恩人敬礼！这敬礼代表了灾区人民及全体中国人民对子弟兵发自心底的热爱和感激。这敬礼是那么庄严、庄重，令世人动容！

中国军人英勇无畏，气壮山河，热血中激荡着人民军队的尊严，激荡着对人民的无限热爱，对祖国的忠诚。在抗震救灾的特殊战场上，他们同样做出了令举世震惊的英雄业绩！

党和国家的领导人，亲自深入灾区第一线，指挥抗震救灾，把抢救生命作为第一要务，在最短的时间里，倾举国之力，援助灾区。国家迅速拨款七百多亿，社会各界捐助四百多亿，一时间，成都双流机场成为世界上最繁忙的机场，救灾药品、食品、帐篷等物资源源不断运往灾区。许多志愿者从数千公里之外赶往灾区；港澳台同胞、国际友人慷慨解囊；明星、工人、农民、打工族，各行各业，都踊跃捐款捐物；孩子们敲碎存钱罐，捐出了自己的零用钱；新人在婚礼现场捐出彩礼钱；过着艰辛生活的花甲老人，把靠乞讨得来的零钱，全部投进了捐款箱……

祖国强大了，人民团结一心，凝聚着能够战胜任何艰难困苦的伟大力量！

为哀悼死难者，在全国范围内举行了三天“国家哀悼日”，中华人民共和国的国旗首次在全国为平民降半旗，鸣笛三分钟，默哀致意。各国政要也到中国驻外使领馆致哀，并给予了慷慨的援助。中国人民在灾难面前表现出的尊严，赢得了世界的尊重。

有尊严就有希望，特别是那些孩子的尊严，是根植于中华民族血脉中优良基因的再现。曾几何时，有人对中国“80后”独生子女感到忧心忡忡，现实已经证明，他们不是“垮掉的一代”，而是大有希望的一代！为此，国家中央文明办、教育部、团中央、全国妇联联合评选出了十位抗震小英雄，在抗震救灾还在进行时，召开全国表彰大会，弘扬这些孩子们的英雄事迹，展现其尊严和风采。这是中国青少年留给祖国的一笔宝贵的精神财富。

让我们记住他们的名字吧！为救同学而断臂的英雄白乐潇、敬礼娃娃郎铮、可乐男孩薛枭、英勇救同学的林浩、舍身救人的陈浩、勇敢智慧的雷楚年、不顾安危救同学的董玉培、为救别人牺牲生命的邹雯、在废墟中刨挖救同学的马健、灾难中自救救人的康洁。

他们每一个人的事迹，都是一首英雄的赞歌，是民族精神的礼赞，足以让世人感动和震撼！中华民族是个伟大的民族，也是个英雄辈出的民族，任何灾难和危险都不能使我们退缩和屈服。十位小英雄在大灾大难面前的表现，正是一个伟大民族的勇气及尊严的体现。

尊严，是一种伟大的力量。

它是中国人民战胜一切艰难困苦，创造人间奇迹，使自己的国家由发展中国家变成发达国家，一种内在的自强自信自立的能力和不可战胜的意志品质。青少年是尊严的传承者，未来的希望，我坚定不移地相信他们，在未来的征途上，必将会极有尊严地爱自己的国家和人民，必将会极有尊严地被爱和爱别人，必将会极有尊严地团结起来，手牵手、心连心，为国家强盛、民族繁荣，创造出更有尊严的美好未来！

2008 年 9 月

尊严的力量

《学子》第九期，刊登了杂志社署名文章《尊严》后，我们就这个话题又与有关人士进行了探讨，深感在加强中学生思想品质教育的过程中，有强化这方面认识的必要。

尊严即“尊贵、庄严”之意。在人生体验中，尊严表现得更多元，影响更深远。特别是青少年，正处于思想品德的形成时期，培养树立起个人的尊严，极为重要。而周围的人们，更要小心翼翼地保护好学子的尊严。最近，看到几篇有关尊严的小故事，感到很受启发，现推荐给您，供思考。

故事一：一天中午，小提琴家布里奇斯回到家，听到楼上有轻微的琴声，马上意识到有小偷，就一个箭步冲上楼，发现一个十二三岁的孩子，在抚摸他的小提琴。那个孩子头发蓬乱，脸庞消瘦，眼里充满恐惧、胆怯和绝望。看到这里，小提琴家没有责难他，反而微笑着说：“你是拉姆斯顿先生的外甥鲁本吗？我是他的管家，前天我听先生说他有一个乡下的外甥要来，一定是你啦，你和他长得真像啊！”

听见这话，少年先是一愣，很快就接腔道：“我舅舅出门了吗？我想我还是先出门转转，待会儿再来看他吧。”然后放下小提琴准备要走。小提琴家望着他说：“你很喜欢小提琴吗？”少年回答："是的，但我很穷，买不起。""那我将这把小提琴送给你吧！"少年疑惑地拿起小提琴，临出客厅时，突然看见墙上挂着一张小提琴家在悉尼大剧院演出的巨幅彩照，心中不由一颤，然后头也不回地跑远了。少年已经明白，这间房子的主人，正是送给他小提琴的那位"管家"。

三年后，在墨尔本高中生的音乐竞赛中，一个叫梅里特的选手，凭借雄厚的实力夺得第一名。颁奖大会结束后，梅里特抱着小提琴，跑到当评委的小提琴家面前，脸色绯红地问："布里奇斯先生，您还认识我吗？"小提琴家摇摇头。"您曾送我一把小提琴，我一直珍藏，直到有了今天！"梅里特热泪盈眶地接着说，"那时候，谁都看不起我，我也以为自己彻底完了，是您让贫穷和苦难中的我重新拾起了自尊，今天，我可以无愧地将这把小提琴还给您了……"

故事二：有一个乞丐，跪在地铁通道摆着铅笔乞讨。来了一个商人，丢下一美元，匆匆离去。一会儿，这商人又跑了回来，认真地对乞丐说："咱们都是商人，都是卖东西的，我刚才付给你一元钱，没拿东西，现在我要拿走。"说着，蹲下来挑了几支铅笔走了。

商人的话让乞丐大为震动。他第一次听到有人称他为商人，第一次听到有人说他"卖东西"，他一下子找到了做人的尊严。他迅速站起来，掸掸身上的土，开始认真地销售起铅笔。经过几年的努力，他成了名副其实的商人。在一次商人的聚会上，他见到了买他铅笔的那位商人。他走过去，毕恭毕敬地深深鞠了一躬，说："谢谢，先生！是你让我找回了尊严！"

故事三：一次语文期中考试，有个学生考试没及格。这位学生不敢把试卷带回家，于是就战战兢兢地去找老师恳求："老师，能不能少扣几分？我下次一定能赶上！"老师笑着说："这样吧，就算老师借给你五分，你以后可要还给我。"期末考试，这个学生取得了很好的成绩，又来到老师那里，庄重地说："谢谢老师！感谢您借给我自尊，我会把借老师的东西加倍还您！"

无独有偶，北大有一个学生，在大学最后一年，考试不及格，找到老师说："这门课如果我不及格就毕不了业了。"老师说："我可以给你一个及格的分数，但是请你记住，未来你一定要做出值得我给你分数的事业。"这个学子就是取得显赫成就的著名的新东方董事长俞敏洪。

几个不同的故事，说明了一个共同的道理：尊严对人是何等重要。我们不妨设想：假如小提琴家、商人、老师，对待小偷、乞丐、学生不是这样的态度而是相反，那将是什么结果？

小提琴家、商人、老师，给了别人尊严，表明他们很有尊严。

不可否认，在我们的学校里还存在着"差班""差生"，但要知道，每个人来到世界上都是唯一的，每个人都有自己的长处，要有信心，要有尊严，并在尊严的支撑下，把你的优势发挥出来，就能实现人人都有才、人人能成才的目标。大江奔流，波涛起伏，只要敢于到中流击水，就能浪遏飞舟，就能找到属于自己的位置，体现出自己的人生价值。

尊严的解释已经不重要，重要的是注释尊严的行动。

我们深信：尊严是一种伟大的力量，有尊严就能创造奇迹，有尊严就有希望！

2008 年 12 月

老师，并没有走远

在一次校友聚会时，留校任教的同学王顺洪告诉我，吴组缃老师问他："大王哪去了?"老师教过很多学生，居然还记得这个高个儿的我，我很感动。

又过了几年，去参加北大中文系百年系庆，我问同学："吴老师怎样?"他说："吴老师去世了!"那是 1994 年 1 月 11 日，吴老师享年八十六岁。

老师走了，我既悲伤又歉疚，也不知忙些什么，竟没给老师送去一个问候。但我心中却始终感觉，老师并没有走远，他明明就在我身边，如明镜高悬，当头照亮我前行的路，大道至诚，投下我身后长长的影。半个世纪过去了，随着年龄的增长、阅历的增加，我对老师的钦敬和老师对我的影响，也都在日益加深。我退休后创办《学子》杂志，本应趁此写点文字，感念师恩，启迪后人，又因老师的人格与精神，随着时间的流逝，越发变得高贵和伟大，每当此刻，我常被感动得鼻塞眼涩，写作难以进行。这一拖就是十多年。

吴组缃老师是中文系的知名教授，即使在大师云集的北大中文系，也是一位极具传奇色彩的人物。他中学就读于安徽芜湖和上海，曾创办中学生文艺周刊《赭山》，并在报刊发表诗文。20

世纪 30 年代初，在清华大学中文系读书期间，他陆续发表了《一千八百担》《樊家铺》《天下太平》等著名小说，揭示农村经济和宗教的危机。抗战初期，发表短篇《闷罐子》和长篇小说《鸭咀涝》，成为较早出现的抗战文学。他还参与发起了中华全国文艺界抗敌协会，并担任协会理事，奠定了他在中国文学史上的地位。最让学生感到神奇的是，1935 年他被冯玉祥将军聘为私人老师兼秘书，达十三年之久，后随冯玉祥去美国。1948 年回国后，曾任清华大学中文系主任，与季羡林等并称为清华文科“四杰”。1952 年院校调整，吴老师调入北京大学，成为北大中文系“四老”，在古典文学及明清小说研究方面有很深的造诣，是正确评判《红楼梦》作品的红学家，并担任全国《红楼梦》研究会首任会长。

有人做过这样的统计，自 1898 年创办国立京师大学堂“文学门”始，1917 年更名为北京大学国文系，至 1952 年院系调整，并入燕京大学、清华大学中文系，壮大为北京大学中国语言文学系止，中国近代史上有四十多位大师级的人物，都在北大中文系当过老师，如严复、陈独秀、鲁迅、胡适、钱玄同、刘师培、周作人、沈从文等等，吴组缃老师当然名列其中。在北大中文系的百年传承史中，能吸引这样多的大师级人物来当老师，这是中国高教史、文化发展史上的一个奇迹，也是蔡元培校长“囊括大典，网罗众家”“思想自由，兼容并包”办学思想的一种体现。大师中有文学家、戏曲学家、思想家、教育家及社会活动家。大师们不仅教书育人，还亲力亲为，参与中国社会变革的进步活动，五四运动的兴起，马克思主义在中国的传播，他们都做出了历史性的贡献。其参与度之深、人数之多、贡献之大，在全国大学的系级单位里，都是无人可与之比肩的。

“‘ne’是知识分子”

我于1970年入中文系，健在的大师仅有十余位，且都在六十岁以上的年纪，加之“文化大革命”的影响，他们已经很多年不给学生讲课了。然而，我却三生有幸，入校伊始就能听到大师的课，还能近距离与他们接触，甚至朝夕相处，结下了深厚的师生情谊。

记得那时正赶上落实周恩来总理的指示：北京大学要加强基础理论学习。大师们发扬北大的传统，迅速重返教学第一线，才使普通学员有机会一睹大师讲课的风采。朱德熙老师是我国著名的语言学家，他把枯燥的语法修辞课“白马非马”，讲成了一种课堂上的艺术享受。每当他讲课，大阶梯教室便座无虚席，过道上还坐满了外系的师生，讲到紧要处，他还当堂唱起了京剧《智取威虎山》唱段《除夕夜》，赢得满堂喝彩，同学便把“白马非马”作为绰号送给了他。林庚老师是30年代的诗人，闻一多先生的助理，讲到诗歌的赋、比、兴，兴起时，便朗诵起他早年写的诗“宽宽的马路像条河”，激情四射，这句诗也成了他的代名词。同学们请季镇淮老师解读毛泽东的《体育之研究》，星期天，季老师叼个大烟斗来了，引经据典，三个多小时，毫无倦怠之意，同学送他一幅漫画：门框里只进来一个冒烟的烟斗，却不见人。这便成了代表他的符号。吴组缃老师讲明清小说，学术性强，绝无赘语，就是常把“我”说成“ne”，久之，“ne”就成了他的联络暗号。凡此一提，同学们都会会心一笑。给老师起绰号，有不敬之嫌，却没有不敬之意，反而是学生对老师钦敬之情的一种美妙表达。

在这些老师中，我接触最多、对我一生影响最大、我最敬重的，就是吴组缃老师。一天下午，接系里通知，说晚饭后吴组缃老师要来学生宿舍，大家都很兴奋，早早在宿舍等待。吴组缃老师来了，中等身材，高鼻梁，长挂脸，面带微笑，很亲切地在“ne”的乡音中与学生拉起了家常。这是我与吴组缃老师近距离接触的开始。

不久，吴组缃老师又带我们几位同学到东方红炼油厂体验生活，写报告文学。师生同住在污水处理车间二楼近二百平米的厂房里，没有桌椅板凳，没有厕所，只在空旷的屋角摆了几张上下铺的铁床。谁能想到坐在铁床边上的老先生，竟是当年北京一带最高军政长官冯玉祥将军的老师！条件差也有好处，拉近了师生的距离，同吃同住，随意畅谈，看得出来，老师还是很开心的，也可能是跟学生在一起的缘故，“ne”的话题也多了起来。同学们毫无拘束地提各种问题，我便好奇地提了一个有点“俗”的问题，我问他：“给冯玉祥当老师，给多少工资报酬?”他说：“没有固定工资报酬，冯玉祥司令部只给发个证，凭证可到粮店取面，商店买家具，银号取钱。”我有点玩笑地说：“有这样的证，可以多拿些呀!”老师听后严肃起来，认真地说：“那怎么可以，‘ne’是知识分子，只拿够用的那部分，怎么可以多拿呢?”老师情绪凛然，好像人格受到侮辱，我却受到强烈的震撼。接着，他又讲了另一个故事，当时四川某学院请他去讲课，说只要同意去，只讲半年课，就给他一年的薪水，他还是那句话：“ne是知识分子，怎么可以这样!”其实，我的提问并不是说我真的想要这样做，老师的凛然却告诉我，他是真的反对那样做。我惹恼了他，他却坦露出他中国知识分子的傲骨，展现出他特有的高尚人格。

关于这样的例子有很多。袁良骏教授曾在2007年7月24日的《人民日报》上发表文章，高度评价了吴组缃老师那中国知识分子的高尚人格。文章说，抗战时期，吴组缃老师“陪冯玉祥将军入川后，与老舍先生一起住在中国文艺家抗敌协会，与进步文艺界有广泛联系，与中共中央代表周恩来同志也有密切交往，彼此经常以‘恩来兄’‘组缃兄’相称。建国之初，恩来同志在中山公园来今雨轩举行盛大茶话会，招待文艺界广大朋友。吴先生应邀赴会，但在周总理莅会之前，他却提前告退了。周总理莅会后，到处找‘组缃兄’，听到他因事提前退席后，深表遗憾。吴先生的提前退席，显然是一种不欲‘攀高结贵’的名士派头，这一点，周总理是深为理解的。这次茶话会之后，吴先生不仅担任了作协书记处书记，而且多次出国访问”。记得同样的内容，老师也和我讲过。

吴组缃老师看重知识分子的名节，他那自尊自重、自爱自律的高贵品质，今天尤为宝贵。相比之下，中国知识分子的那种优良传承，在某些拥有博士硕士头衔的“知识分子”那里，已经不知跑到哪里去了，有的还利欲熏心，追名逐利，一旦大权在握，便成了监守自盗的硕鼠，着实令人惋惜。

同学们关心发问较多的还有他去美国的故事。冯玉祥1946年被蒋介石排挤去了美国，新中国成立前，中央请冯玉祥先生回国参加政协议政，却遇到各种阻力。老师劝冯玉祥下决心回国，印象最深的一句话是：“冯玉祥要不回国，还是冯玉祥吗？”爱国之心，令人动容。那时的学生对美国都很陌生，还问了很多细小的问题，吴老师说美国人对中国食品豆腐乳有很好的评价，认为乳化了的豆制品便于营养吸收。吴组缃老师会说很好的英语，在经莫斯科回国时，还调和了一个俄国人和英国人之间发生的口角，说得他自己和我们都很开心。

“《红楼梦》至少要读五遍”

记得那时在中文系的教改中，已经把批判胡适、俞平伯《红楼梦》研究的唯心主义列入教学中去。吴组缃老师多次提出，搞好批判，必须要读好原著，他强调说：“《红楼梦》至少要读五遍，否则搞不清人物关系，怎么批判!”我当时想，读五遍，书那么长，多浪费时间啊，我对此不甚理解。不久，公布了毛主席关于“要把《红楼梦》当作历史来读”“《红楼梦》至少要读五遍”的指示。这不是巧合，而是坚持唯物主义学术批判唯一正确的道路。

吴组缃老师教学严谨，不仅提倡多读书，还抽查读的情况。有一次吴老师要我到他家去一趟，王顺洪同学领着我，惴惴地找到了他的家。吴老师家住在北大镜春园的一个小四合院里，我记不清屋里啥样了，只见排排书架上面摆满了书，角落里放一个茶几，上面摆放着烟斗、烟丝和烟具，老师坐在茶几旁边。我有些拘谨，站立着说：“老师，我来了。”他让我坐下，谈了些读书的情况，接着话锋一转，问我对第七十回后的一个小人物怎么看，我回答了（庆幸我刚读完那些章节）。不知是因为他对问题提得刁钻而得意，还是因为我的回答还算可以，反正老师脸上露出了一丝满意的微笑。我离开了老师的家，没有高谈阔论，没有励志说教，但老师那“行不言之教”的内在期许，像一种巨大的力量，对我养成读书思考的习惯，产生了很大的影响。

还有一件事，可以看出吴组缃老师对学生的培养和爱护。那是 1971 年 4 月，北京香山某生产队在一座古民居墙皮的剥落处，发现有古人题的墙壁诗，故而断定这是曹雪芹的故居。北京市有关方面请吴组缃老师参加论证会，吴老师却让我这个学生去替他参加，我惶恐了，恐难担此重任。老师看我为难了，说："这个地方证据不足，真正的故居还没有找到，也可能找不到了。"我参加了论证会，还到了香山"故居"实地做了考察。为了满足人民对曹雪芹情感的寄托，有关部门要把它命以"故居"之名，对社会开放，但是，在题写匾额的时候，发生了一个变故：清朝皇族出身的书法家溥杰说，因他不是红学家，"没有权力写'故居'，请体谅我这份担当"，因此便把"故居"改成了"曹雪芹纪念馆"。足见他也是一个严谨的人。此匾额沿用至今。1982 年又有一个重大发现，有个清史档案馆员，在档案中发现了雍正皇帝赐给曹雪芹家十七间半房的圣旨，地址就在北京广渠门大街磁器口十字路口，尘埃落定，此处才是唯一由官方认证、有史可鉴的"曹雪芹故居"。吴组缃老师治学态度的严谨，让我长了知识，增了见识，受到了很大的启迪。

吴组缃老师讲明清小说，从基础理论入手，力透纸背，令人印象深刻。教育部 1995 年把吴老师的《我国古代小说的发展及其规律》节选，选入人教版初高中语文教材，而且仅此一篇，足见其在学术上的地位。

至今我还清晰地记得，他讲小说起源，排除了来自寓言、史传、志怪等的"多元说"，对鲁迅先生"彼此谈论故事，正就是小说的起源"做了重要补充，指出小说"其实源只有一个，那就是神话传说"。他还对神话与传说做了清晰的界定，指出："神话是把神人化，传说是把人神化。"

他反对宗教迷信，指出宗教最猖獗的时候，就是社会最黑暗的时候，也是对文学发展破坏最大的时候。他认为，不了解宗教对人的影响，就不可能了解作品里的人物，也就不会了解封建社会。《红楼梦》是这样，《西游记》里更是这样，孙悟空七十二般变化，金箍棒那么厉害，却打不过那些妖魔鬼怪，为什么？因为“妖魔皆从神佛处来”，而“神佛，即现实统治势力”，是牛魔王等妖魔鬼怪的总后台，那里有锦衣卫的影子，而且根子很硬。

他讲，读好《红楼梦》和古典小说，不仅有助于认识封建社会，还能提高语言文字运用的能力，对提高写作水平有重要的意义。他总是强调，中文系不论学什么专业的学生，都必须要学会写文章，不会写文章，怎么能叫中文系的学生。这些都对我产生了很大的影响。

“‘ne’一听阶级斗争就毛骨悚然”

记得那是在系里召开的有老师和学生党员参加的会上，系领导传达中央文件精神，其中有阶级斗争要天天讲、月月讲、年年讲的内容，还说“文化大革命”要七八年搞一次。讨论时谁都不作声，吴组缃老师却发了言，还是用平常说话的语气，说道：“‘ne’一听阶级斗争就毛骨悚然，七八年搞一次，一次七八年，这怎么得了。”那时“文化大革命”还没结束，阶级斗争的弦还绷得挺紧，我真为吴组缃老师捏了一把汗，心中为之担忧，他已经是当过一次“牛鬼蛇神”的人了。然而，吴组缃老师仍无事一样，照样讲他的课，没遇到任何麻烦。也许北大就是这样的一个地方，兼容并蓄，海纳百川，自由思想与独立思考同在，兼容并包与绝不人云亦云共存。这是学术前进的必然，也必然会受到历史的推崇与爱戴。

司马光曾说过：“经师易遇，人师难遭。”吴组缃就是这样一位集经师与人师于一身，难得一遇的好老师。吴组缃老师的伟大，不在于他不凡的经历，而在于那制造不凡经历的高贵人格，在于他深沉的爱国主义热情、严谨的治学态度、追求真理的学术精神，和那自由思想中的独立思考、兼容并包下的绝不人云亦云的人生态度。而这，也正是中华民族振兴必须发扬的优良传统。

吴组缃老师走了，但是，他并没有走远！

2019 年 4 月 7 日

话说羡慕嫉妒恨[①]

不知从什么时候说起，也不知由谁说起，“羡慕”“嫉妒”“恨”被压缩成了一个词。这真是一个发明创造。新句式既新颖，又时尚；既保留了原有的语境，又交融出新的会意；既有针砭时弊的冲击力，又有切中内心情感的“亲和力”。

由此，“羡慕嫉妒恨”一出，便不胫而走，不翼而飞，迅速成为互联网上的流行语，进而是职场、官场、情场、商场、考场的常用语。很快便走进校门，成了“90后”挂在嘴边的口头语。

嫉妒生于错误的比较

“嘻嘻！你真是羡慕嫉妒恨啊！”学生用它调侃别人，同时也愉悦了自己。羡慕嫉妒恨，真是有种特殊魅力，竟能同时拨动各色人等的神经，连涉世不深的学子也难以幸免。

羡慕嫉妒恨，讲的是一个情感密集、复杂而奇特的反应过程。在这个过程中，起核心作用的不是羡慕和恨，而是嫉妒，是嫉妒主宰着这个反应的全过程。

---

① 此文2014年在北京考试院召开的由二十八省市参加的“中国高校宣传媒体第十八次年会”上，获得言论组一等奖。

嫉妒和爱情一样悠长久远。羡慕与蔑视，嫉妒与赞赏，恨与爱，所谓爱恨情仇，都是人间情感世界的有机组成。然而，在所有情感当中，嫉妒却“是最卑劣最堕落的情欲”，是个最阴险歹毒的家伙。如培根所言，“嫉妒永不休假”“老是在活动，不是指向这人就是指向那人”。在指向别人的同时，嫉妒之剑也指向了自己，在伤害了别人的同时，也伤害了自己。嫉妒干了不少的坏事，起了很坏的作用。

嫉妒普遍存在于人的情感当中，人人都可能产生嫉妒，但并非人人必定产生嫉妒。表面看嫉妒是生于羡慕，实质嫉妒的病根是来自于错误的比较。所谓错误的比较，就是只比较别人的成功，而没比较别人成功之前所付出的心血与汗水。这种比较是建立在个人功利主义私心杂念作怪的基础上，因此，它不能激起羡慕和学习的力量，只会使自尊心受到挫伤，使心灵倾斜、情绪消极而又无力修补。当然，也有人没产生嫉妒，那正是因为他们学会了正确的比较。

至于有些人不能幸免，成了嫉妒的俘虏，那也怪不得别人，只能怪自己。苍蝇不叮无缝的鸡蛋，嫉妒也是先从抵抗力弱、免疫力低下的人下手。容易患嫉妒的大体上有如下几种人：一是没有进取心、思想品德差的人；二是爱攀比、虚荣心强的人；三是自己不做事、热衷窥视别人的人；四是浮躁懒散、不肯上进的人；五是缺乏自尊怕吃苦的人。

当然，同时具备这些问题的人不多，不同程度存在上述问题的人却不少，给嫉妒提供了可乘之机。

从这个意义上说，嫉妒又是一种心理疾病。病况如何，取决于对嫉妒抵抗力的强弱程度。轻度，嫉妒可自我控制；中度，嫉妒失控；重度，嫉妒就会进入灾害阶段。不同程度的嫉妒演绎出不同的故事，不同的故事又展示着不同的嫉妒内容，古往今来，从不谢幕。

嫉妒是个没有终结的骗子，它不知骗过多少人，它从不对任何人负有责任。它把学习的榜样扭曲为“恨”的对象，把学子美好的心灵变为恨意肆意游荡的广场，把嫉妒的所有痼疾，如自私、孤僻、冷漠、阴暗等恶劣情绪传染给别人，播撒到班级、学校，影响着学生的心灵建设和校园的学风建设。嫉妒还能扩散到更大的群体，污染更大的环境。嫉妒的幽灵到处游荡，当它把你和他人毁掉之后，它就逃之夭夭，不见了踪影，接着又潜伏起来，等待下一个倒霉蛋的到来。

嫉妒不可能帮助任何人获得学业上的进步，也不能支持任何人取得事业上的成功。

嫉妒是个人主义的妖魔

莎士比亚早就告诫说：“您要留心嫉妒啊，那是一个绿眼的妖魔！”

留心，就是防范。要做好防范，就必须认清对象的主要特征，才能做到留心它、识别它、消除它。

嫉妒就是看不得别人好。当别人好于自己时，就反感，就闹心，就痛恨。例如：当看到别人学习好于自己，老师表扬别人多于自己，别人长相、特长、穿着打扮好于自己，以及家庭条件优于自己时，心里就有不快、难受、反感和酸溜溜的感觉。你有过吗？假如有过，那就是嫉妒。

嫉妒喜欢在暗处活动，怕见光明，却能使人妒火中烧，夜不能寐。及至光明来临，又披上“迷彩”把自己遮掩起来，暗中生事。

嫉妒让人内心极为痛苦。正如古埃及人所言，嫉妒是人心里扎了根刺，如果不及时拔除，就会使患者倍受折磨。巴尔扎克也说："嫉妒者所受的痛苦比任何痛苦都大，他自己的不幸和别人的幸福都使他痛苦万分。"

嫉妒总要把痛苦转嫁给别人。凡由嫉妒引起的痛苦，都要转嫁给别人才能得到宣泄，甚至不惜用各种卑劣的伎俩，对别人进行影射贬低、讽刺挖苦和攻击，通过打击别人，求得自己心理暂时的平衡。

嫉妒不加控制，就会走向极端。极端的嫉妒有着极端的痛苦，转嫁给别人也是极端危险。极端的嫉妒发作起来不择手段，无论何时何处都能把值得羡慕学习的东西，变成极端的恨的牺牲品。极端的嫉妒没有宣言，没有挑战，却在暗中干尽坏事。极端嫉妒的信条是：自己不干的，别人也不许干！自己干不好的，别人也休想干好！如果达不到目的就下毒手，甚至不惜将羡慕的对象加以毁灭。

极端嫉妒坑害了无辜的人，也戕害了自己。

都是嫉妒惹的祸

羡慕嫉妒恨，走的就是这样一条祸患丛生的险路。在这条路上，嫉妒就像潘多拉盒子里冒出来的魔鬼，惑乱人性，干尽坏事。前车之鉴，对青少年学子，无疑是一个惊心动魄的警示。列举如下：

据《圣经》记载，上帝耶和华在创世纪造人的时候，也把嫉妒留给了子孙，使亚当、夏娃的孩子该隐，因嫉妒杀死了弟弟亚伯，成了千古警示。

《史记·吕太后本纪》记载，吕后因嫉妒，残忍地砍去戚夫人的四肢，挖去她的眼睛，熏聋她的耳朵，并将她灌了哑药，扔到猪圈里，做成“人彘”。

至于孙膑致残、屈原放逐等等，都是嫉妒惹的祸。

到了近年，嫉妒的祸患，在学生中仍然屡有发生。上海某高三学生，因嫉妒同班同学成绩好，在洗手间内用水果刀将其刺死。湖南道县某高三学生，因同样的原因，在雨伞下将同学杀死。

还有嫉妒别人得到的爱或友谊，因而采用了非常手段，造成了悲剧后果；有的因嫉妒别人的美貌而用硫酸将其毁容；还有的因嫉妒而去偷走别人的复习资料和教材，造谣生事骚扰别人学习，等等。

诚然，极端的嫉妒总是极个别的，并不代表学生的主流群体，但却说明这是一个非常值得关注的问题。极端嫉妒并不是从天而降，而是由一般嫉妒逐渐演变发展而来。如果看不到这一点，不对嫉妒采取严加防范的措施，做到防微杜渐，一旦有了适宜的气候，极端的嫉妒还会卷土重来。

怎样预防嫉妒的产生

嫉妒是个虚弱、胆小的恶魔，你强它就弱，你硬他就软，你积极向上，阳光灿烂，它就无地自容，就会像聋子放炮仗，无声无响地散了。当然，预防嫉妒不仅要靠积极的人生态度，还必须要有行之有效的抵制方法，总结如下，可供个人结合自身情况参考。

一是登高远望法。解决嫉妒的最好办法，是要站得更高，看得更远，胸怀祖国，放眼世界。把眼光定位在建设国家的宏图大业上面去，这样才能“荡胸生层云，一览众山小”。心胸宽广，阳光灿烂，就不会去嫉妒一些不值得的小事。如果你为振兴中华做出了成就，就会得到别人真诚的羡慕，而不会是嫉妒。

二是全神贯注法。培根说：“每一个埋头干自己事业的人，是没有工夫嫉妒别人的。”如果你全力以赴地去干好自己的事情，做好自己的功课，嫉妒就没空去敲你的门。

三是换位思考法。想想别人成功的不易，怜悯其辛劳，佩服其努力。再想想自己是否也付出了别人同样的努力，想想自己是否也有成功的强项，也会得到别人的嫉妒。自然，嫉妒也就失去了存在的余地。

四是自信固守法。聪明的人绝不会用别人的长处来比较自己主观臆断中的短处，乱了自己的方寸，要坚信“天生我才必有用”。人各有长短，人人都有才，人人能成才，要固守自己的长处，发挥自己的优势，并坚持到底。到头来，产生嫉妒的可能不是你，而是别人。

五是低调处理法。有了成就也要保持低调，能起到淡化嫉妒的作用。如果你略有成绩，就张扬炫耀显示，唯恐别人不知，就会引发嫉妒，甚至面临危险。

六是虚心学习法。古人曰：“见贤思齐焉。”学海泛舟，强者如林，靠嫉妒不能贬低他人，只会耽误自己。强自有强的道理，把强的道理学为己用，就会成为自己进步的武器，也会成为战胜嫉妒的法宝。

好的办法还不止于此，每个学子都可以结合自己的情况，总结出许多战胜嫉妒的好办法。恰如那句名言所说的：困难没有办法多。防治嫉妒的办法越多，嫉妒产生的机会就越少。

学子想要成为思想进步、学业有成、人际关系良好和有良好情商智商、全面发展的创新人才，就必须保持高度警惕，远离嫉妒，远离恨。要树立高尚的人格，这是学子心灵建设的必修课，这门课程不合格，即使文化课成绩再好，也不堪大用，难有好的前程。

学子正处在一个阳光灿烂照征途、奋发向上大有作为的时代，这样的时代蔑视嫉妒，羡慕嫉妒恨也应就此止步。

2012 年 11 月

由国庆节想到的

拿破仑在谈到中国时曾说："中国是一只睡狮，一旦它醒来，整个世界都会为之颤抖。"又说："它在沉睡着，谢谢上帝，让它睡下去吧。"

然而，应欧洲一个"幽灵"的呼唤，中国共产党人最早醒来了。为建立新的世界，带领中国人民，不知经过多少艰苦奋斗，不知付出多少流血牺牲，不知战胜多少艰难险阻，终于推翻了压在头上的三座大山，挣脱了身上的枷锁，赢得了胜利，于 1949 年 10 月 1 日的那一天，建立了自己的国家。

在开国大典上，毛泽东向世界庄严宣布："中华人民共和国中央人民政府成立了，中国人民从此站起来了！"

这是中国"睡狮"醒来时，发出的震撼寰宇的吼声。

这吼声，倾吐出了中华民族胸中积郁百年的屈辱和愤懑；

这吼声，迸发出了中国人民放眼世界、自立于世界民族之林的豪情；

这吼声，抖中华民族的威风，长中国人民的志气，充满了自尊、自强、自信的雄心。

时光荏苒，国庆节已经走过六十六个年头，但毛泽东在第一次国庆庆典上的庄严宣布，仍然是激励着中国人民奋进的战斗号角。在共和国成长的历史年轮中，中国人民团结奋进，艰苦奋斗，创造出了中国历史上从未有过的、震惊世界的伟大奇迹……中国飞船奔月会见了嫦娥，蛟龙潜海万米拜见了龙王，航母编队昂首驶向深蓝色，中国科技插上了腾飞的翅膀，中国经济已成为世界第二大经济体，使数亿中国农民摆脱贫困，走上了脱贫致富的康庄大道。

我们清楚地知道，我们取得了伟大的成就。但与“二百年振兴中华”中国梦的宏伟目标相比，这只是新的万里长征刚刚走完的第一步。以后的路程更伟大，任务更艰巨。

今日之学子，不仅要学好科学文化知识，更要守护好中国共产党领导下的这个独具中国特色的精神家园。这是克敌制胜的法宝，是争取新的更伟大胜利的根本保障。学子只有守护好这个精神家园，才能成为为国家强大、民族振兴而立言、立身、立行的传承者和接班人。

而要守护好共和国的精神家园，学子必须树立如下观念：

一、国庆，乃国之庆典，是国家的诞生日，也是举国人民的再生日，是从胜利走向胜利的纪念日。这一天，对国家和人民，对过去和未来，都有着极为重大的意义。欢庆国庆，要牢记它的缔造者——共产党人所付出的巨大努力。但在生活好了的新时代，有人滋生了贪图享乐、不思进取的情绪，却忘记了苦难辉煌的来之不易。这是一件很值得警惕的事情，忘记过去，就意味着背叛。鲁迅曾有一篇著名文章《为了忘却的记念》，就是警告后人，不要忘记那些为国捐躯的英烈。好了伤疤不能忘了疼，忧患意识的记忆，永远都不应该忘记。曾记否，在今天繁华光鲜的土地上，居然发生过日俄帝国主义为争夺中国土地而火拼的战争，而土地的主人则成了砧板上的鱼肉。俄帝国打胜了，说中国人是日奸，抓来杀掉；日帝国打赢了，说中国人是俄奸，拿来杀掉。旅顺口历史博物馆记载了两万国人被日本侵略者无辜杀掉的惨况。甲午战争中国战败，不仅要给侵略者割地，还要赔款白银两亿两，相当于日本三十年的财政收入。凭此日本军国主义“富国强兵”，为全面侵华战争做足了准备。如此“老大帝国”，被欺凌到这种程度，多么可悲啊！这究竟是因为什么？原因很简单，中国人民没有一个属于自己的强大的国家。面对侵略者没有公理可言，倾巢之下，不会有完卵。

二、国殇，是对牺牲英烈们的祭奠。如今，国家把国庆节的前一天，即 9 月 30 日定为国家烈士纪念日，还制定了《中华人民共和国英烈保护法》，并警示后人，勿忘国耻，增强忧患意识，要把历史悲愤，化作自强不息、不断开拓进取的动力。在睡狮还在昏睡的时候，侵略者用刺刀挑醒了睡狮的梦；睡狮醒来，在共产党的领导下，为国家的生死存亡，人民端起了刺刀和敌人拼命，敌人才知道了中国人的厉害。英雄的中华儿女，为国家生死荣辱，做出了巨大的牺牲，仅抗战时期就付出了三千五百多万人的鲜血和生命。国殇是保持胜利者头脑清醒的良药。你可曾记得这样的诗篇，“一个没有英雄的民族，是个可悲的民族，而有了英雄，不去崇拜和敬仰，是个可耻的民族”。欢度国庆节，就是要学习那些肯把国家利益放在自己生命之上的英雄们的高贵的品质，就是要崇尚英雄、歌颂英雄、纪念英雄、学习英雄。英雄是民族的魂灵，是雄狮醒得来、立得住、走得远、跑得快的保证。

三、国家，乃护我人民性命的法宝。欢度国庆，必须坚信有国才有家的道理。爱护自己的国家，必须树立国家观念，才能识破打着各种“自由民主”的幌子而搞颜色革命的阴谋，历史的前车之鉴，学子也不可不察。这是青少年学子必须面对的重大课题。国家未来的兴衰强弱，民族的前途命运，都系于学子的身上。学子强，则国强；学子弱，则国家危亡。学子必须树立远大的理想，把人生的道与义紧密结合，当个人利益、集体利益与国家利益发生冲突的时候，无论在任何情况下，无论做出怎样的牺牲，都要把国家利益放在第一位，国家利益高于一切。而那种缺乏国家观念，以为国家强弱与己关系不大，甚至没有关系的观念，必须尽快得到彻底的纠正。

树立国家利益至上的观念，是教育之大事，也是人民团结、国家兴旺发达的不二选择。国家好人民才会好，这是一个极浅显的道理。

广大学子必须牢记睡狮醒来的初心，千万不要忘记，打天下，建立自己的国家，是多么不容易。我们必须像爱护自己的生命一样，去爱护自己的国家，在中国共产党的领导下，团结一心，不动摇，不迷惑，不断把国家建设得更加强大。让那些叫嚣“中国威胁论”的敌对势力，在恐惧中去颤抖吧，螳臂挡不住历史前进的车轮，更阻挡不了中国人民前进的铿锵脚步！

2015 年 10 月

说“马”

马是人类忠实的朋友，生产时是工具，战争时是武器、是战友。成吉思汗在马上征服了欧亚大陆，唐太宗的汗血马、关云长的赤兔马、严颜的乌龙驹、项羽的乌骓马、唐僧的白龙马、杨子荣的卷毛青鬃马等宝马良驹，都大名鼎鼎，立下了赫赫战功，并青史留名。马的彪悍、奔放、自由、独立、忠诚、坚韧的个性，也是人崇尚并追求的精神。最近读了两篇在中外文学史上颇负盛名、以马抒怀的佳作，感触颇深，现拿来与学子共享。

一篇是中国古代文学家韩愈写于一千二百年前的《马说》，另一篇是法国著名作家布封二百五十多年前在《自然史》中写的《马》。两篇文章都是通过描写马的不幸，深刻表达了各自的思想感情。

《马说》里马的不幸，暗喻着作者人生的不幸。韩愈才华横溢，却很不得志，内心充满怀才不遇的愤懑，和对“伯乐”赏识的期待，其精神世界仍属于封建臣子。他曾三次上书宰相以求提拔，未被采纳，又想依附其他官宦，以图做官。未果，又自称不会遁迹山林，仍有“忧天下之心”，却不被重用。只好在不幸中哀叹：“世有伯乐，然后有千里马。千里马常有，而伯乐不常有！”后来，这句话成为人们经常引用的“相马说”。韩愈还有一段“养马说”，也极具教益却又极易被忽略。讲的是“执鞭”的养马人，对马“策之不以其道，食之不能尽其材，鸣之不能通其意”的驯养，结果是“虽有名马，只辱于奴隶人之手，骈死于槽枥之间，不以千里称也”。可见，那种养马不从马出发而违背马性的教育，使得不知有多少可能成为千里马的马，被扼杀在马厩里。

布封写的马也是不幸的，他却没有因此陷入沉沦不能自拔，而是在不幸的压抑中爆发，为反封建而呐喊，成为文艺复兴时期宣扬“个性解放”“自由、平等、博爱”的资产阶级人文主义思想的先锋。布封不仅写马肉体上的不幸：马被披上鞍鞯，衔上马嚼，打上马蹄钉，受到种种牵绊；还着力揭示了它们精神上的不幸：“只为人的虚荣而戴上黄金链条的马”，额上覆着艳丽的毛，双鬃梳理着细辫，满身盖着丝绸和锦毡，“窥伺着驾驭人的颜色”而行动，“这一切之侮辱马性，较之它们脚下的铁蹄还有过之而无不及”，并尖锐地指出“它的教育以丧失自由而开始，以接受束缚而告终”。其结果是非常可怕的：“即使把它们的牵绊解脱掉也是枉然，它们再也不会因此显得自由活泼些了。”哀哉，马的不幸，何止于肉体！

作者的这些评述有很强的思想性，是对扼杀马性行为的有力控诉，也是对扭曲人精神行为的有力鞭笞。然而，布封的笔并没有停留在揭示马的不幸上，而是又通过对非洲旷野里野马生动细致的描写，热情讴歌了马所独有的那种自由、独立、奔放的个性，这与被圈养的马的不幸形成鲜明的对照，使作者的爱憎褒贬和精神追求得到了更加充分的表达：“它们行走着，它们奔驰着，它们腾越着，既不受拘束，又没有节制；它们因不受羁勒而感觉自豪”，“它们不屑于受人照顾”，它们“有充沛的精力和高贵的精神”，具备“天然比人工更美丽些”的一切优良品质。读来着实让人精神一振。

无论是韩愈以马拟人的《马说》，还是布封以马喻人的《马》，都是通过批判对“马性”的束缚，表达对人性的思考。马对皮肉的羁勒和精神上的侮辱，也许不会感到任何痛苦，但人则不同。马的不幸让人开始思索，马的奔放使人得到振奋，思索与振奋之后，那便是追求对“马性”的解放，对人个性束缚的否定。

今天，我们的社会已经进入了新的时代，与韩愈、布封所处的社会环境相比，“马”的生存环境，发生了根本性的变化。现今，如果把千里马比作具有创新精神的人才，那就再也不是“千里马常有，伯乐不常有”的状况了，而是出现了伯乐常有，千里马不常有，伯乐急需千里马，而千里马却出现了“不够用，不被用，不好用”的状况。这确实是当前的相马者、执鞭者和千里马本身，都要认真思考的问题。

为此，国家制订了中长期人才培养计划，目标是使作为人口大国的中国，在未来不太长的时间里成为人才强国，这是历史赋予我们的具有战略意义的伟大任务。世界的竞争说到底是人才的竞争，我们必须紧紧抓住人才培养选拔的关键，才能在世界性的人才竞争中立于不败之地。中国聪明智慧的青少年学子，没有理由甘当平庸，也没有理由不树雄心立壮志、快马加鞭迎头赶上，去抢占人才竞争的制高点，信心百倍地走在科技创新的最前头，这正是每个学子必须要担当的历史责任。我们还缺什么呢？我们还差什么呢？我们还等什么呢？导弹和航天之父钱学森，在九十八岁高龄时还为之着急，不断地提问：“人都哪儿去了？”中国人这么聪明，为什么科技创新人才上不去，为什么培养不出高端的科技创新人才，为什么培养不出世界级的帅才？

本文虽然无力对此做出全面的回答，但我却隐隐感到差别不在软硬件条件上，也不在智商上，而在于那种莫名又难言的束缚上。由此，重读那些古老的马的故事，也许能给我们带来某些启迪，文中那些闪光的思想，不仅折射出古代那些马不幸的影子，还能映衬出现实育马存在的问题，提出纠正的办法。如有的“执鞭者”不从马性出发，使教育随时都有可能变成束缚，让受教育者失去个性的光彩，这怎么能培养出出类拔萃的千里马？马被规范得服服帖帖，在人云亦云的气氛中，缺乏“独立思考、自由表达”的野性和能力，又怎么能成长为有创新精神的千里马？即使是千里马，总想着躺在伯乐身边等待提拔，没有创新意识，缺乏个人奋斗的精神，又怎么能成为独立驰骋四野并大有作为的千里马？没有大批个性突出的千里马，形成万马奔腾的态势，伯乐也不能称其为伯乐，又怎么可能选拔出具有优良素质的千里马？

现实中马的不幸，是很容易被忽略不计的，由此又会给后来马的不幸，留下可以存在和繁衍的因子，它们在暗处作祟，继续束缚着那些“独立思考、自由表达”个性的生长。当然，这种不幸的束缚，不只发生在千里马身上，也同样发生在执鞭者、驭马人和伯乐身上，他们既是不幸的制造者，也是不幸的受害者。由此可见，这种束缚是一种全方位的巨大精神枷锁，是创新人才成长和社会可持续发展的极大阻碍。对此，相马的用人者，执鞭的育人者，和想成为千里马的立志者，都必须要提高认识，共同给予全方位的高度重视，逐一解除这些封建保守落后的思想羁绊，才能彻底终止“马”的不幸发生。

为此，要培养千里马式的创新人才，必须要从思想意识深处，认识“马”产生不幸的因素，做到教育要“以人为本”，不断解放思想，与时俱进，在时代意识的引领下，解脱对千里马的精神束缚，去开创一个适合于千里马生长，执鞭者、相马人协调发展的育马环境，才能为国家培养出大批数量够，质量好，用得上，德、智、体全面发展，具有创新精神的千里马来。

否则，韩愈、布封所指出的那种导致马不幸的因子，还会在未来的日子里，在我们执鞭者的“马厩”里，再度繁衍。

2010 年 9 月

欲文明其精神，先自野蛮其体魄

不久前，国家教育部、共青团中央、国家体育总局三部委，联合倡导了第二届亿万学生阳光体育冬季长跑活动，要求中小学生每天跑步一到两千米。这个倡导及时而重要，简便而易行，投资少而见效快。但是倡导自下达以后，却没有受到足够重视和积极响应，许多学生以跑步造成身体不适，怕影响学习等理由，不愿参加跑步活动。还生成许多反对的声音，使活动受到质疑而遭遇尴尬。

是活动安排得不妥，还是学生不需要锻炼？都不是。教育部曾对中国的中小学生身体状况做过调查，其结果是学生身体的耐力、力量、速度和灵敏度等指标正在全面下降。下降的原因，正是缺乏锻炼的结果，而缺乏锻炼的原因，正是来自于那些所谓的理由。细想开来，那些不愿跑步的理由，恰恰是必须大面积开展跑步活动的缘由。跑不起来的原因不是出在脚下，而是出在头脑当中，要想持久地迈开双腿，搞好体育锻炼，就必须解决你思想观念中的种种束缚，克服那些阻拦你的惰性。

首先，树立远大志向，方能自觉强身健体。跑步是在艰苦的奔跑中增强体质，并带来健康快乐的一项体育运动。体质强壮，会使你在未来人生的拼搏中成为强者，会有力地帮助你去实现自己的理想和志向。凡事预则立，不预则废。毛泽东早在 1917 年就发表了《体育之研究》一文，高瞻远瞩地深刻论述了体育的重要，并针对那时轻视体育的弊端，指出："详德智而略于体，及其弊也，偻身俯首，纤纤素手，登山则气迫，涉水则足痉。"结果是"一旦身不存，德智则从之而隳矣"。因此特别强调指出："善其身无过于体育。体育于吾人实占第一之位置。体强壮而后学问道德之进修勇而收效远。"又指出"凡各种运动，持续不改，皆有练习耐久之益"，唯有"长距离之赛跑，于耐久之练习尤著"。"尤著"，乃是毛泽东对跑步运动的充分肯定和高度评价。

体魄乃"载知识之车而寓道德之舍也"。能否使"舍"和"车"坚实而致远，全看驾驭车的人是否有远大志向，能坚持体育锻炼。毛泽东主张："欲文明其精神，先自野蛮其体魄。苟野蛮其体魄矣，则文明之精神随之。"极深刻地阐述了体魄和精神的关系。体育锻炼可以强筋骨、增知识、调感情、强意志；可以增强青少年的胆识魄力和思考力，使你能更有精力、体力和能力搞好学习。今天学习毛泽东的这些论述，仍有巨大的思想价值。

毛泽东少有凌云志，是青少年最好的学习榜样。他一生酷爱体育，自觉利用阳光、风、雨、冷水等自然条件进行锻炼。夏天烈日当空，赤膊在太阳底下走动，游泳后则躺在沙滩上进行"日光浴"；冬天北风凛冽，脱去棉衣让寒风劲吹，进行"风浴"；下大雨的时候，赤膊跑步进行"雨浴"；全年用清凉的井水淋到身上进行"冷水浴"。他还坚持游泳直至隆冬不停，坚持登山、露宿、长途远足；经常在狂风大作、电闪雷鸣、暴雨倾盆的夜晚，独自一人跑上岳麓山，锻炼自己的身体和胆量。他常邀集一些同学到学校后面岳麓山爱晚亭处露宿，畅谈国事、人生和学习心得，指点江山，激扬文字，挥斥方遒。

毛泽东投身革命后，进行了几十年艰苦卓绝的斗争，领导中国人民推翻了旧社会，建立了新中国，为中国人民立下了不朽的功勋。毛泽东也成为中国历史上最伟大的思想家、政治家、军事家和诗人。1936年，毛泽东在经过二万五千里长征到陕北时曾回忆说：“体育锻炼确实对我有不少帮助，使我后来南征北战，受益匪浅。”可见体育对青少年的成功发展是多么重要啊。

现在我们国力强大了，成功举办了百年奥运，取得极好的成绩，极大地振奋了中国人民的精神，这是我们宝贵的精神财富，我们要继续发扬光大。我们不应忘记，旧中国受到列强的疯狂欺凌和掠夺，国家积贫积弱，人民体质羸弱不堪，受尽贫困和屈辱。中国人被诬为“东亚病夫”的那个时代，已经一去不复返了。今天，我们更要发奋图强，搞好体育锻炼，用强健的体魄去振兴中华，建设小康社会。

其次，相信自身的潜能，并科学地加以利用。这潜能是巨大的矿藏，你则是矿藏的主人，你能开发多少，就会拥有多少，如果你懒惰怕吃苦，你就会坐食山空，失去健壮的体魄。生命在于运动。生物界有个重要的法则，就是“用进废退”，人的身体和各器官也是一样，经常使用就强大，不用就软弱、就废退。

那么，人身体的潜能有多大呢？有人做过这样的研究：人的心脏在二十四小时搏出的血液所提供的能量，能使人用铁锹把二十吨重的煤铲到一个三英尺高的平台上，这是多么惊人的体能啊！奥运会已经开了一百年，它的各项运动纪录不停地被打破，百米纪录达到9.69秒，科学家预言还没有到极限。这都说明人的体能具有无穷无尽的潜能，我们不要把自己看得太渺小、太娇嫩，从理论上说，只要用科学的方法坚持训练，每个人都能取得好成绩，甚至有打破各种纪录的可能。青少年学子不要担心跑步运动会累坏了身体，相反，只有在运动中，你的身体才能变得更加健壮。

不要忘记，我们的祖先曾经都是奔跑的高手，当从树上来到地面，由猿变成人，尤其在渔猎时代，不会奔跑就逮不到猎物，就得饿死，就没有今天的人类。祖先是在奔跑中给我们送来了良好的基因，我们也要在奔跑中把优良的基因留给子孙后代。

跑步是体育运动的主干项目，各项运动体能的训练，都要从跑步开始。无论快跑慢跑，对人四肢、骨骼、心肺功能及大脑的发育都有好处，这已是被科学所证明了的。但是要收到好的效果，贵在宣传，贵在坚持，贵在自觉，贵在科学地训练。按照量力性原则，因人而异，循序渐进，逐渐加强，尤其不可强求短时间内的硬指标，跑不了两千米，就跑一千米、五百米，跑不快就慢跑或快走，都能达到锻炼的目的。跑步最好一个人跑，不搞体力不支的竞赛性跑步，起先可使用肌力的三分之一到三分之二，缓慢轻松地慢跑，用鼻子和嘴同时有节奏地吸入空气，用力吐气，坚持跑二十分钟，每天一次，一周两到三次均可。只要做到持之以恒，就会收到意想不到的效果，就能达到毛泽东在《体育之研究》中所说的“运动既久，成效大著”“心中无限快乐”的境界。

其三，以积极的心态去跑步，就会减轻疲劳。以什么样的心态跑步，其过程和结果是完全不一样的。以积极的心态跑步，即使汗流浃背，也会感到很舒服、很开心；以消极的心态跑步，就会腿如灌铅，越跑越沉，跑不多远就不想跑了。当你怀着造就自我的积极愉快的心态去跑步，即使相当疲劳，在休息之后，疲劳也会很快消除；如果你带着消极逆反的情绪去跑步，不仅对疲劳的痛苦特别敏感，而且由此产生的生理和心理的疲劳感，都更加强烈、更难加以消除。

可见，运动的大敌——疲劳，不仅来自运动阻力本身，而且还来于心理惰性所造成的阻力。心理学家海德菲认为：“在大多数情况下我们感受到的疲劳，都是由心理因素造成的。事实上，完全由生理原因引起的疲劳是非常少见的。”这是有道理的。可见，无论你从事跑步或其他任何体育运动，关键是要把自己的心态调整到积极乐观的轨道上来。

青少年学子们不要再犹豫了，尽快行动起来吧！走出卧室、教室，到室外去，迈开你的双腿，把自己的意志品质跑出来，把健康体魄跑出来，把国家和人民对你的期望跑出来！

2009 年 3 月

浅谈性格

每个人都有自己的性格，以科学的态度，回眸审视你的性格和性格中的你，是青少年学子培养良好性格，以适应时代发展的需要，并塑造美好人生的重大课题。本文仅就这个问题，与学子共同学习探讨。

一、认知什么是性格。

“性格决定命运”，这句名言广受赞许不是偶然的。据心理学家研究，个人的成功百分之八十五归于性格，百分之十五归于知识。这种统计的准确性如何另当别论，但性格的好与坏，对学业事业的成功、家庭生活的幸福、人际关系的良好以及身心的健康，都有着重要作用，这是毋庸置疑的。历史上的许多著名人物，都是具有鲜明性格特征的人，他们的成功与失败，都与性格的优劣有极大关系。优良的性格，能帮你化解矛盾和危机，争取好的前途；不良性格会给你带来麻烦，甚至断送你的前途。

性格是什么？为何有如此大的作用呢？心理学家认为：性格是决定个人处世态度和行为方式的比较稳定的心理特征的总和。这“总和”包括思想、感情、情绪、兴趣、爱好等，但起核心作用的是人生观、世界观、价值观。

性格是世界观也是方法论，是智商、情商的合一。性格，外在表现为脾气秉性，对人的个性、气质、风度、风格、品格、习惯、人格，有着决定性的影响；内在表现为心理特征，即心理活动、思想观念和精神状态等。性格的内外特征互相影响，互相作用。认知性格并不是件容易的事，必须对其特点和规律有所把握。

1. 性格的复杂性。千百年来，心理学家对性格的类型做了大量的研究，看法却不尽相同。古希腊希波克拉底提出古典分类法，将性格分为四种类型，即多血质型、胆汁质型、黏液质型、抑郁质型，这一说法流传很广；瑞士学者荣格把性格为分两种类型：外倾型和内倾型；英国的培恩把性格分为三种类型：智力型、情绪型、意志型；美国心理学家霍兰德把性格分为六种类型：现实型、探索型、艺术型、社会型、管理型、常规型。有的还把性格按颜色分类，按生物学分类，按神经活动类型分类，按性格特征分类，分为几十种甚至上百种之多，可见性格有多么复杂。性格的复杂性不仅表现在其多样性上，更在于它复杂的多变性、众多相关性的演变过程中，用孤立、静止、片面的概括很难将其阐述清楚。虽然前人对性格的研究仍对我们学习认识性格有着非常重要的意义，但如果把这些分类生搬硬套并对号入座，把自己的性格框在某类型的框子里，那样做是极不聪明的。有的学生还用星座、血型、生肖来判定自己的性格类型，这都是没有科学根据的。

2. 性格的唯一性。就像树上的叶子都很相似，却没有两片是完全相同的，世上有多少个人就有多少种性格。性格相似是现象，不同才是本质。因此，不要企图改变别人的性格来适应自己，也不要把自己的性格强加给别人，而因此产生不必要的摩擦与碰撞。性格的不同或相悖是正常的现象，要尊重别人的性格，协商共事，学会求同存异，才能团结更多的人做更多的事情，实现双赢或多赢。

3. 性格的隐蔽性。有时候出于各种原因，性格内在的心理特征并不会通过外在性格特征直接表现出来，个人的想法和做法会有所不同，这是性格的另一个重要特征——隐蔽性。但是，这种具有隐蔽性的东西，终究会在行为中表现出来。正如恩格斯指出的，观察人的性格，不仅在于他“做什么”，还在于他“怎样做”。通过“怎样做”自然会表露出性格的本质特征。心理学家弗洛伊德说：“人无秘密可言，即使他们嘴上不作声，内心的秘密总会通过每一个毛孔泄露出来。”

4. 性格的复合性。马克思说：“人所固有的我无不具有。”性格并不单一地存在于个体，每个人都是由多种性格复合而成。如诚实与虚伪、勤劳与懒惰、自信与自卑、勇敢与怯懦、果断与优柔、创新与守旧等，在每个人身上都可能有它们的影子，有的占主导地位，有的处于辅助地位。主导性格与辅助性格不是固定不变的，会随着主客观条件的变化而发生转变。性格的正反两个方面和多种性格之间，都没有明显的分界线，也没有不可逾越的鸿沟，关键看你怎样面对和调整。

5. 性格的道德性。“性格”一词，是古希腊哲学家泰奥佛拉斯多通过人的日常行为方式概括出的，如阿谀奉承、伪善、吝啬等性格特征，一开始就具有道德的意义。一个人怎样为人处世，会直接或间接地影响到他人，这种影响的结果怎么样，要看道德的评判。塑造良好的性格，从根上说，是个怎样做人的问题，人总是要活动在一个群体里，既要发展自己的性格，又应尊重别人性格的发展，这本身也是一种良好的性格。

二、性格是在一定环境中后天形成的。

有人说性格是天生的，是爹妈遗传来的，理由是孩子的性格有时与爹妈相似，其实那只是爹妈影响的结果，而不是遗传的结果。牛顿曾说过："尽管人们把性格看成是先天的，但它仍旧是自我修养的结果。我们不可能生来就固定了某种性格。可敬可亲、富有魅力的性格，是靠自己慢慢培养起来的。"

1. 科学表明，性格作为一种心理现象，是以神经系统为自然基础，以神经物质为传递方式进行的。遗传信息 DNA，只能在生命体中遗传，而不会遗传到人的精神领域和心理特征，至于遗传因素在后代性格中有多大影响，占多大比重，则是因人而异。但是，人的性格和它赖以存在的神经系统的形成，都是在一定时空环境里，受到外界环境长期刺激的结果，这却是得到了科学验证的。

2. 性格是一定社会环境影响下的产物。性格的后天形成，是由家庭环境、社会环境的影响，及个体在环境中所处的地位所决定的。这就是人本质的社会属性。任何人的性格都由此而决定，并会打上社会的印记，离开社会环境的影响，也就不会有人的性格的产生。

有这样一个例证，1920 年，印度有人在狼窝里救出了两个裸体的女狼孩，大的七八岁，小的约两岁，两个狼孩长相与人相同，但行为却完全和狼一样，四肢爬行，手抓食物，白天蛰伏，夜间乱窜，像狼般嚎叫，没有人的行为和性格。辛格牧师夫妇收留了狼孩，想使她们能转变为人，结果小女孩十一个月后就死去了，大女孩一直活到十七岁。但她直到死时也没真正学会说话，智力只相当于三四岁的孩子，狼孩最终没有回到人类社会。先天人的基因并没有给狼孩留下任何影响，相反，后天环境却使人变成了狼。这足以说明社会环境对人性格的形成、智力的发展，具有多么重要的意义。

3. 性格的形成过程不是消极被动的。人总是按照自我实现、自我超越的法则，积极地塑造自己的性格。马斯洛等心理学家认为：人是按照五个基本需要，即生理的需要、安全的需要、从属和爱的需要、受人尊重的需要、自我实现的需要，去发挥自己潜在的想象力和创造力的。在这种不断的自我实现、自我超越的过程中，个人的理想信念追求才能得以实现，一切美好优良的性格才会得到逐渐完善，中性的或是有缺欠的性格，也可以在这里得到校正和修补。可以说，优良性格的形成，也是自我实现、自我超越的结果。

三、做性格的主人，努力塑造优良性格。

性格既然是在一定环境影响下形成的，也必然会随着环境的变化而变化。有人说："江山易改，本性难移。"这是另一个错误的观点。性格会随着年龄、知识、阅历、兴趣、爱好、职业、思想的变化而变化，如果你是一个高中学生，你的性格还停留在幼儿园阶段，而没有随着你的成长而改变，那将是多大的悲哀。人由年轻到年老，性格都在缓慢地变化着，只是你感觉不到就是了。性格变化是绝对的，不变是相对的，关键是往哪里变、怎样变的问题。解决这个问题，就要掌握性格变化的规律，掌握主动权，做性格变化的主人，不做性格变化的奴隶。

首先，要树立积极向上的人生态度和进取精神。性格决定命运，命运也能决定性格，性格与命运是一对孪生兄弟。那么，决定命运、性格的又是什么呢？那就是人生态度和精神状态。哪一种性格，都有积极的一面和消极的一面。积极的人生态度，来源于理想信念，来源于辩证唯物主义、历史唯物主义的世界观和以人为本的科学发展观。有了积极进步的思想指导，就能激发强烈的社会责任感和发愤图强的求知欲望，树立立志成才振兴中华的宏图大愿，在丰富多彩的社会实践中，使你性格中的积极一面得到张扬和发展，自信、进取、勤奋、善良、乐观、通达、从容、专注、勇敢、坚强、独立等优点，就会伴随在你的身旁，帮你争取到好的命运；如你有懒惰、冷漠、优柔、孤僻、急躁、自卑等缺点，也能帮你克服和改变。反之，你的人生态度是消极的，什么国家、民族的前途，人类的命运，你都无所谓，狭隘、偏激、嫉妒、自私、斤斤计较等缺点就会找到你，即使你很聪明，也会走向自闭自负。聪明反被聪明误，很难有大的作为。

其次，学会正确认识自己的性格。人贵有自知之明，找准自己性格特征的位置和走向，这是塑造自己优良性格的出发点。青少年风华正茂，可塑性强，只要心存大志，发奋图强，就会成为对社会有用的人。要学习别人身上好的东西，但不要用别人的优势比自己的弱势，不要把自己性格的优势整没了，要对自己的优势充满信心，坚信我行，坚持走自己的路。据心理学家分析，俄国的普希金是一个具有胆汁质型特征的人，克雷洛夫具有黏液质型特征，果戈理具有抑郁质型特征，他们都在文学领域里做出了卓越的贡献。马克思暴躁，恩格斯温和，丘吉尔善辩，斯大林寡言，个人性格特征的差异并不影响聪明才智的发挥，也不影响他们走向成功。这样的例子比比皆是。只要你认准正确方向，不要犹豫，你就从那里开始吧，成功就会在未来等着你。

第三，要靠知识改变性格。性格受思想感情支配，也受知识的影响。科学文化程度高，智商、情商也高，分析问题、解决问题的能力就会增强，就能较好地控制自己的行为和情绪，驾驭好自己的性格。知识“润物细无声”，却能使你胸怀激荡，视野开阔，志向高远，对未来充满豪气与信心。知识能让你变得更加潇洒，更有气质、风度和修养，更富有亲和力和感召力，更能增加别人对你的好感和信任，更能营造良好的人际关系，这都是做好事业的基础和开端。知识能改变性格，知识也能改变命运，机会永远垂青有准备的头脑，关键看你是否已经准备好。

第四，大胆接受实践的磨炼。伟大的人物大多都经受过艰难困苦的磨炼，历史上的成功人士大多有着坎坷不平的经历，和在痛苦中磨砺出的坚强性格。梅花香自苦寒来，宝剑锋从磨砺出，虽然他们的人生之路各有不同，性格迥异，但在一点上又是惊人的相似，那就是大胆地投身实践，在实践中坚韧不拔，面对困难，拒绝“不”字，坚持目标，突出“忍”字。这是所有成功者共有的性格特征。学生在学习和生活中也会遇到各种困难和挫折，如果你能把这当作磨炼性格的好机会，不妨在坚持中试试，不要轻言放弃，相信你在忍耐中一定能磨砺出优良性格来，不论成功与否，这都将是你人生的宝贵财富，甚至是比知识本身更重要的财富。它必将使你终身受益。

命运不是上帝的专利，要把握在自己手里；性格也不是私家的物品，需要得到社会的认可。好性格是人生的宝贵财富和资本。“与命运抗争的人，自身的性格往往会俯首称臣，在性格上俯首称臣的人，命运往往会捉弄人。”学子要树立起优良的性格，就必须把自己的命运与国家民族的命运紧紧结合在一起，奋斗到底，离开了这一点，就性格论性格，是塑造不出好的性格来的。

2010 年 10 月

性教育的思考

作为高中学生，已经懂得了很多知识，仰观天文，俯察地理，上下五千年，纵横八万里，从宏观到微观，都有知晓。但是有些人唯独对发生在自己身心的性的觉醒，缺乏科学认识，这是非常有害的。科学的性知识，是人生全部知识的重要组成部分，这部分知识有缺欠，你整个知识的大厦就不牢固，甚至有由此而坍塌的危险。蝼蚁之穴，可溃千里之堤啊！

因此，每个学子对此必须要有清醒的认知。“知识不存在的地方，愚昧就自命为科学”，盘踞在你的心里，并躲藏在那最隐蔽的一隅。《学子》杂志邮箱里，一封封学子的来信，都反映出了愚昧给其内心造成的茫然和求助无门的苦闷。

性愚昧大体表现为两种类型：一类为封闭压抑型，把对异性正常的向往视作洪水猛兽，如与异性接过吻、握过手，被异性抚摸过，就认为“要怀孕了”，恐慌情绪溢于言表；另一类是过度开放型，置学业于不顾，视搞对象谈恋爱、偷吃禁果为自由开放的私事，以至于怀孕要分娩了，自己还浑然不知，有的还酿成大错，悔恨终生。不一一列举。虽然在不同的地方，其表现轻重有所不同，但愚昧的现象却是普遍存在，必须引起高度重视。

两种类型，同样愚昧，都是性科学教育不足的结果。多年来，多少有识之士都曾大声疾呼，要加强青少年性科学教育，又都感到有劲使不上，状况非常令人担忧，问题出在哪里呢？

有关人士对此概括了四大原因：一是学校对性教育不够重视；二是教材针对性差；三是教师数量不足，水平低；四是父母性知识不多，又难以启齿。这四条都是讲客观原因，当然，还应加上第五个原因，是受教育者自我学习、自我重视不足。

可见，性科学教育在主客观两方面都存在不足，这不是个别现象，而是社会性观念状态的反映。所以，解决性教育的根本问题，是要推动社会性观念的进步，这需要教育者和受教育者的共同努力；只有社会进步了，性教育水平才能得到进步与提高。

首先，转变观念，树立对性的正确认识。

性是什么，用怎样的观念认识它、对待它，这是全社会都要关注的问题，也是能否搞好性教育的关键。在这个问题上，比较东西方性文化教育的优劣，开阔视野，积极地扬长避短，对转变性观念有重要意义。

西方文化认为，“性是人生最美好的，是上帝赐给人类最高贵的礼物”，并且也非常重视对性的教育。如英、美、日、荷等国家，从幼儿园到高中都开设了性教育课，透明度极高，消灭了对性的神秘感，老师、家长和孩子们可以共同探讨性的问题，为培养健全的人格做出了很大贡献。这是值得我们借鉴的。

在我国则不同，封建文化思想把这美好而高贵的“礼物”，丑化成最低贱、最见不得人的东西，并加以禁锢。对这“礼物”，持有者无权考虑支配，而要听从“父母之命，媒妁之言”，男女之间要“授受不亲”，要有“男女之大防”的严格界线规定，不得越雷池一步，否则就是大逆不道，会受到封建礼教的制裁。孔雀东南飞、梁祝化蝶等故事，都是这样的悲剧。

鲁迅在《阿Q正传》中，对旧礼教的反动与虚伪，给予了无情的揭露。在阿Q的“学说”中，男女间的接触无疑为异端，“妈妈的”！阿Q有足够的正气表示排斥，而他自己却神差鬼使，去摸尼姑的脸，滑腻腻的，夜不能寐。他也想女人，曾跪在地上要求和吴妈“困觉”。鲁迅对那时代造成的双重人格所做的深刻的批判，今天仍然是我们清除旧观念、树立新思想的有力思想武器。

时至21世纪，在我们的周围，“性禁锢”的影响仍在，学校、家庭及社会相关方面，谈性色变，讳莫如深，信奉无师自通，这真是民族的不幸。性是必然会发生的，谁都无法禁锢，被禁锢的只能是性科学知识，放纵的则是性愚昧和无知。假道学伪君子式的人不应是今天的培养目标，反封建似乎不应再是今天的任务，但科学的性观念被封建意识阻碍排斥，是性教育上不去的深层次的原因。

其次，坚信科学才是照亮心灵的明灯。

性，与生俱来，天经地义，何罪之有？远古时代，无论东西方文化，都曾出现过性崇拜的生殖文化，即把性和生殖器图腾作为崇拜的偶像。那近似于宗教的神秘，却是纯真的、朴素的，一点都不虚伪、不造作，从骨子里透出对性的敬畏，透出了古人的憨直与可爱。

当科学发展到今天，科学战胜了迷信，真理驱走了无知，一切彷徨困惑，都可以得到科学的解释。学生都知道，青春期会出现成人感，独立意识增强，自尊心加重，容易产生烦躁、逆反等情绪，但最重要的却是性意识的觉醒，这是藏在内心深处，说不清楚也无处说清楚的困惑与迷茫。所以，青春期教育要从性教育做起。要让青少年知道，男性出现遗精，女性出现月经，男女间互相向往，开始有性的要求，是怎么回事，要讲清生命科学的相关道理。孔夫子曰：“饮食男女，人之大欲存焉。”《孟子·告子上》曰：“食、色，性也。”圣人、凡人，都是一样的，不必大惊小怪，这是人性本能的表现，是必然发生的自然现象，如此而已。

但是更应该知道，人不同于动物，动物的性仅是生殖的本能，而人的性，除了有动物属性外，还要受到社会属性的制约和控制，否则人将无异于动物。所以，性教育的内容，不仅要有性科学知识，还必须要有性道德知识的教育，包括理想、情操、文化、道德的教育与培养。有了这些知识，性既不神秘也不复杂，解决它的难度，甚至不会超过一道数理化的难题。应该相信，作为高中学生有能力学好性科学知识，把握好正确的人生观、恋爱观，这对一生幸福都有极大好处。

其三，以人为本，培养可持续发展的人才。

性教育的对象，决定了性教育的特殊性、复杂性、隐秘性，党的教育方针，决定了性教育的重要性。搞好性教育，就是坚持科学发展观，为国家培养可持续发展的优秀人才，这是摆在我们面前的一个伟大的战略任务。

搞好性教育，先要尊重学生的感情。人非草木，孰能无情，这是回避不了的，更何况青春少年，异性相吸，男女间容易擦出火花。对此不要简单化地苛责训斥，要联系实际，耐心教育疏导，科学道理讲清楚了，智商、情商都会得到提高，其控制感情和情绪的能力得到增强，他们就会走好自己的路。要相信他们的能力，否则就会事与愿违。家长、老师能跟他们一辈子吗？事实上，绝大多数学生，面对人生问题，都有能力用理智战胜感情，较好控制自己的情绪。

搞好性教育，要因人而异。性知识对所有人都是相同的，但每个人在对性知识的运用上，却是不同的，不能搞“一刀切”。性的觉醒，是发生在个人心中的事情，由于个体差异的不同，性意识来得迟或早、生发得快与慢也不同。所以，在开展性教育的时候，不能只是照本宣科地讲教材，机械呆板地讲生理构造，要联系个人心理实际学习性科学知识，才能有的放矢，解决内心深处的问题。

搞好性教育，必须要克服羞耻感。羞耻感像一块糖黏住嘴巴，使你张不开口，如何能搞好性教育？羞涩，是一种表情；羞耻感，则是具有社会色彩的一种精神错觉。性教育是要学生崇尚科学，追求真理，而学习真理是无须感到羞耻的，它堂堂正正，无所畏惧。羞耻感与真理相比，简直分文不值。羞耻感遮住了别人的视线，也扼杀了自己那鲜活的心灵。尽快抛弃那使自己萎靡的羞耻感，大胆地去追求科学和真理吧！只有这样，性教育才能有新的突破和进步！

搞好性教育，必须要对此给予足够重视。性教育在中国历史上，虽然声音弱，起步晚，但却受到历代先哲的重视。第一个提倡介绍性知识的，是清末变法的“六君子”之一的谭嗣同；第一个在讲台上介绍性知识的是鲁迅；第一个在全国大会上讲性教育重要性的是周恩来。这反映出中国改革家、思想家、政治家们在不同时代形成的共识，那就是对性教育重要性的重视。

今天，我们正处在一个国家富强、民族振兴的伟大时代，重视搞好性教育的意义和责任更加重大。重视性教育，既要摈弃性禁锢、性压抑，也不能搞性解放、性放纵那套。我们要创造一套适合中国国情的性教育体系，为孩子们，也为国家和民族的未来，做出自己应有的贡献。

2009 年 9 月

弘扬国学，振兴中华

一个学习研究国学的热潮正在悄然兴起，这绝不是偶然的，这正是国学的魅力所在、生命力所在，也是社会发展的需要所在。随着改革开放的深入，中国正走向世界，世界也走近了中国。而改革开放越是向前发展，吸纳外来的东西越多，就越是需要得到国学的滋养和支撑。因此，如何使拥有五千年文明积淀的国学更好地为现实服务，使之既得到弘扬发展，又不至于“食古不化”，则是摆在国学教育面前的一项极为重要的工作任务。要完成好这个任务，笔者以为必须解决好如下问题：

首先，要认知到弘扬国学对社会进步的必要性。西方战略家曾预言，21 世纪中国将崛起成为世界级的大国。我国经济发展的战略目标，就是要在 21 世纪中叶达到中等发达国家水平，使全民走向共同富裕。在此期间，我们必须要虚心学习外国好的东西，还必须弘扬和坚守中国固有的好东西，把古今中外一切好的有用的东西融会贯通，进而达到推动社会生产力和生产关系和谐发展的目的。而这也正是国学自身发展的必然选择。

目前，许多省市都建立了孔子学院和国学院，《论语》《老子》《孟子》等古代文选的诵读声，不仅在中小学的课堂上琅琅响起，也成为大学的选修课程，如北京大学这样的名牌大学，也建立了国学院，还举办了“国学智慧总裁研修班”，在相当高的层次弘扬国学。这固然是国学教育的可喜现象，然而，弘扬国学，不单在形式，关键在于对国学内容的本质和时效性有深刻的认识，才能收到实际的效果。

“国学”一词最早出现时，专指的是学校式的教育，从《周礼》“乐师掌国学之政，以教国子小舞”，到汉朝的太学，乃至之后的国子学、国子监等，也都是指学校式的教育。而到了今天，国学的含义指向也发生了根本性的变化，由专指教育的形式而演变成为教育的内容，成为中国传统文化的一种统称。不论形式和内容怎样变化，国学思想的因子已深嵌于国人的头脑，并由此而因因相袭，成为中国人特有的思维定式。有专家甚至这样认为，国学即是中国人的人学，是中国人思维的根。这是一点也不为过的。国学依托教育从过去走来，也必然依托教育才能更好地弘扬下去。

国学作为一种特有的文化现象，包含着众多的中国文化元素，涉及文学、史学、哲学、文字学、民俗学、天文学、中医学、建筑学以及军事、音乐、美术、武术、围棋等诸多领域。国学知识浩如烟海，博大精深，令人叹为观止，是人类有史以来最为宏大的文化典籍的宝库。仰视它，如星空灿烂，浩瀚无边；俯视它，如珠宝遍地，目不暇接。即使到了现代化的今天，国学思想的精髓仍然有着重大的应用价值，当今的政治、经济、文化、军事、教育等等活动，都能从国学文化中受到启迪和教益。国学是我国经世致用，治国兴邦，建设具有社会主义特色文化软实力的重要组成部分。

不仅如此，国学也受到了世界人民的尊敬和爱戴。据统计，世界上已有一百多个国家的大学开设了汉语课，建立了三百多所孔子学院，全球学习汉语文化的人数已达四千多万。国学是中国人的，也是世界的，中国的孔子、老子、孙子、庄子的思想，早在几百年前就被译成各种文字，对西方文化发展也产生了重大影响。西方学者认为，中国国学经典文化具有“普世”的价值。20世纪80年代末在巴黎，居然有几十位诺贝尔奖的获得者联名倡议学习中国孔子的思想智慧，以解决人类未来生存中存在的问题，这是中国人都未曾想到的。李约瑟撰写的《中国科技史》，证明了在国学文化哺育下，中国的科学技术曾一度在世界领先。西方学者认为现代科学的代表作计算机，是根据《易经》的二进制的启发演绎而成的。第一次世界大战的始作俑者威廉二世战败后，在书摊上读到了《孙子兵法》，惊叹道：“早二十年读《孙子兵法》，就不会遭到亡国的痛苦了。”至今西方国家的一些著名的军事院校，都还把《孙子兵法》作为必修的课程，用来指挥现代战争。美国自越南战争以来已经掀起三次学习运用《孙子兵法》的热潮，不久前，美国国防大学的信息工程学院院长柯基斯在中国国防大学演讲时说：“美国的信息战理论，其基础观点就来自中国的《孙子兵法》。”70年代飞往太空的“旅行者二号”，已经飞到了太阳系的边缘，还不断地播放着中国的古筝曲《高山流水》，以求在茫茫太空中寻找人类的知音。至于中国的烹饪之学，已经深入到世界的每一个角落，为世界人民提供美味佳肴；中国的建筑也是别具风格，独树一帜；中医、国画、武术、围棋、音乐也是独具神韵，独领风骚，受到世人的喜爱。

现今更是出现了一个奇特的现象，国际要员和中国对话时，总是要说几句国学文言之乎者也，确实起到了拉近关系的作用。梅德韦杰夫访问中国时引用了“学而时习之，不亦乐乎”；奥巴马访问上海时，对学生讲话引用了“温故而知新”；欧洲以及澳洲和日、韩等各国政要也是如此。这给国人提出了一个值得思索的问题：外国人尚且如此重视国学，我们呢？我们和我们的子孙后代，如不重视国学的学习运用和传承，要是落后于老外，那才真正会成为炎黄先祖的不肖子孙。

其次，弘扬国学必须坚持与时俱进。国学，包括“与时俱进”这一词汇，都是先人留下来的宝贵文化遗产，如何对待先人的文化遗产，不仅是如何对待历史的问题，也是如何面对现实的问题。毛泽东指出：凡属我们今天用得着的东西，都应该吸收，而且要做到批判地吸收。我们必须继承一切优秀的文学艺术遗产，批判地吸收其中一切有益的东西，作为我们从此时此地的人民生活中的文学艺术原料创造作品时候的借鉴。有这个借鉴和没有这个借鉴是不同的，这里有文野之分、粗细之分、高低之分、快慢之分。所以我们绝不可拒绝继承和借鉴古人和外国人，哪怕是封建阶级和资产阶级的东西。这是我们坚守和发展国学文化的重要准则。

毛泽东又指出，对于古人和外国人的毫无批判地硬搬和模仿的做法是不可取的。学习运用国学，关键是学会与时俱进地鉴别取舍，“取其精华，去其糟粕”。譬如在儒家的思想体系里，也是有其社会局限的，是不可取的。譬如，“礼不下庶人，刑不上大夫”“唯上智下愚不移”“劳心者治人，劳力者治于人”“民可使由之，不可使知之”“唯女子与小人为难养也”等轻视劳动人民、歧视妇女的思想，就是其中的糟粕。虽然这不是国学的主流，也丝毫不能减弱儒家思想的伟大，但作为封建社会遗留下来的毫无用处的东西，是必须摒弃的。这说明，弘扬国学，并不是全盘照搬，而是要批判地继承、鉴别地吸收。所谓批判地继承，就是要改革创新；所谓鉴别地吸收，就是要经过自己的咀嚼和消化，把精华吸收进来，把封建糟粕剔除出去，去伪存真。只有这样才能使国学文化焕发出更加夺目的光彩。

当然，这是一项非常复杂浩繁的工作，但做好了却意义重大。国学是在封建社会里形成的，也必然会打上那个时代的烙印，随着那个时代的结束，糟粕必然遭到遗弃，精华则是不朽的财富。我们不能用今天的眼光苛求古人完美，我们没有资格要求古人做得更好，因为他们已经做得相当好，他们已经无愧于那个时代。国学到了今天，能否做到与时俱进，则是摆在我们面前的重要课题，我们深信今天社会主义的新一辈，也一定有智慧、有能力，把国学弘扬好、传承好，把更多更好的遗产留给后人。历史虽然不能像幻灯片一样重演，但其中有价值的东西却可以用于螺旋式上升、波浪式前进的当今社会。只要我们用科学的发展观去衡量，用社会的需求加以表述，就能使其发挥新的积极的作用。比如忠、孝、仁、义、礼、智、信、悌、勇等，这些维护封建王权的文化信条，经过改造都可以用来为今天服务，如忠于社会主义祖国，孝敬父母，讲道德，守信义，有礼貌，这有什么不对吗？毛泽东就曾把“仁”解释为革命队伍中的“亲爱团结”，即互相爱护，互相帮助；把“勇”解释为革命工作中的“克服困难”。如此，国学文化才能做到古为今用，推陈出新，与时俱进。

第三，弘扬国学必须坚持辩证唯物主义、历史唯物主义的观点。不容否认，国学在近代遭受了很大冲击，有国学滞后于社会进步的问题，也有没有用正确的思想方法对待国学的问题。在民主革命时期，当脱胎于封建制度的旧文化僵化不前的时候，它便成了新旧民主思想革命的对象，成了马克思主义在中国传播的障碍。五四运动请出德、赛二先生，宣扬科学民主，提倡新文化运动，提出“打倒孔家店”，目标是要清除那些为封建制度服务的思想体系，而绝不是要否定国学。事实上也正是由于五四新文化运动的推动，才有力地激励了国学的改革和更新，才使得代表时代进步的马克思主义的思想和学说，在中国大地上得到广泛而迅速的传播。而在“文化大革命”中，国学文化被定为“四旧”，一律要封杀和打倒，殊不知国学是不可能被打倒的，国学是不可能与国人的思维分开的，否则国人就会变得无话可说、无思可想。“文革”虽然造成了破坏，但国学文化却经受住了历史的筛选，变得更加完美、更加成熟、更加强大。这是我们弘扬国学文化必须记住的历史教训。

第四，弘扬国学必须懂得它有着巨大的包容性。国学是一片辽阔而肥沃的土地，它从不排斥其他任何外来文化，古今中外好的东西，它都可以海纳百川，兼容并蓄。西方的科学技术、文化知识、文学作品、神学教义，特别是马克思主义在中国的传播，都应归功于国学的包容性。在中国的马克思主义者当中，李大钊、陈独秀、毛泽东等都是国学底蕴很深的人，特别是毛泽东，他既是伟大的马克思主义者，伟大的政治家、思想家、军事家，同时还是国学大家。毛泽东的国学知识非常渊博，诗词书法都有极高的造诣。毛泽东创造性地运用了马克思主义理论，写出了《论持久战》《矛盾论》《实践论》《为人民服务》等不朽名篇，在他的许多文章中，都灵活运用了国学经典，是准确生动地把马克思主义和中国实际相结合的典范。马克思主义和中国的实际相结合，首先是同中国的文化相结合，马克思主义在中国取得的伟大胜利，也是国学文化所取得的伟大胜利。国学有着巨大的吸纳和吞吐的能量，是我们取之不尽、用之不竭的思想宝库。

第五，弘扬国学教育必须坚持与社会需求相结合的方针。国学也只有在应用中才能发挥出应有的价值和巨大的威力。主要应该做到如下几点：

1. 搞好国学教育，必须要同建设具有中国特色的社会主义的实践相结合。具体体现在哪里呢？首先是体现在要坚持四项基本原则，坚定不移地走社会主义道路。其次，就是体现在弘扬国学文化，兼容并蓄，建设具有中国特色文化软实力的优势上。国学文化只有在中国特色社会主义理论指导下，才能获得长足的进步与发展；反过来说，也只有把国学文化弘扬好，才能把具有中国特色的社会主义建设好。

2. 搞好国学教育，必须要注意和精神文明建设相结合。国学作为中国的传统文化，对中国人的影响之深是无与伦比的。在当前，有的人生活富裕了，道德却缺失了；社会进步了，思想品质却下降了；条件好了，学习却不刻苦了。这是个非常不良的现象，解决这些问题不能光靠说教和口号，我们也要像西方那些诺贝尔奖的获得者那样，到中国的古老文化中去找智慧，这也是当今国学教育的重要工作任务。

3. 搞好国学教育，必须要实行专家和群众相结合。国学教育的受众是群众性的，学习的内容是经典性的。因此，我们必须要依靠学有所长的专家和老师为指导，在提高的基础上普及，在普及的基础上再向提高发展。

4. 搞好国学教育，必须要与构建和谐社会相结合。国学文化里有着大量关于和谐的思想内涵，弘扬国学文化，就是要把这些宝贵思想与建设和谐社会的伟大实践紧密结合，把“以人为本”“与时俱进”等古训新声落到实处，才能更好地为社会主义建设事业服务。

5. 搞好国学教育，必须要和自身修养的提高相结合。国学的文化典籍里，有大量关于修身治国齐家平天下的内容，至今仍是个人修养的基石。弘扬国学文化，就是要使治国兴邦的“浩然之气”和现代科学知识融为一体，使之浩荡于神州，振兴于民族，繁荣于国家。

6. 搞好国学教育，必须要与提高社会管理水平，促进生产力发展相结合。国学的现实应用性，不仅在于它的文化思想价值，还在于其巨大的经济推动价值。有的地方经济上不去，原因并不在经济，而在于劳动者的文化道德素养落后，拖了经济发展的后腿，这样的例子比比皆是。因此，国学教育必须要以提高我国劳动者整体素养为己任，才能为促进我国经济的迅猛发展做出更大的贡献。

2011 年 3 月

善养吾浩然之气

和青少年谈气，似乎有点离题太远，有人会想，整日功课还做不完呢，哪有空去研究气。其实不然。气，奥妙无穷，是一门大学问，气对人的成长有大作用。恰如蒸汽机有了气才有强大动力，读书人也要有一股气，才能为塑造精彩人生提供强大动力。

气，在西方文化词典里，多是指物质现象；而在中国，气的含义则非常广泛，无论是物质现象还是精神现象，都可称为气。早在两千多年前的先秦时期，先人就提出了精气说、元气说和气一元论，并使之上升到哲学思想的高度，认为气是一种最精细的物质，是气构成了万物，“天地合气，万物自生”。管子曰：“有气则生，无气则死，生者以其气。”“气者，人之根本也。”孟子认为：“志一则动气，气一则动志也。”“夫志，气之帅也。”气受志的统帅，志也受气的影响。庄子说：“人之生，气之聚也，聚则为生，散则为死。……腐臭复化为神奇，神奇复化为腐臭，故曰通天下一气耳。”多么了不起的思想！气是物质的，也是精神的，物质之气与精神之气之间，是可以互相通畅、互相转化的。这些朴素的唯物主义思想，在世界思想史上独树一帜，其聪明智慧，熠熠生辉。

关于气的思想和理论，经几千年的实践，已经融入中国人思想意识的血脉里，并成为中国人认识问题、解决问题的独特思维方式。

气，当面对疾病，便演变成中医学说，“万物负阴而抱阳，冲气以为和”。气顺，万物才和畅；气不顺，气血就瘀滞、逆乱，各种病症就会发生。《内经》云：“百病皆由气生。”所谓气大伤身，就是这个道理。怒，气上则伤肝；喜，气缓则伤心；忧，气消则伤肺；思，气结则伤脾；恐，气下则伤肾；惊，气乱则伤神。针对不同病症对气血进行调理，使其通畅，以达到防病治病的目的，尽显出中医神奇的功效。古人还注重把“气”和“养生”相结合，讲究精、气、神，使人精力充沛、健康长寿。中医已经走出国门，日益受到世界人民的欢迎。

气，进入体内，便产生了气功。气功的威力，让人惊叹不已。江湖武术师，在练武之前，总要拍胸顿足大叫道：“内练一口气，外练筋骨皮!”运足了气，任你长枪刺喉，棍棒击身，头碎石板，惊心动魄，却总毫发无伤。气，真是有种神奇的力量！气功也是无处不在的，平时每个人都能感受到气功的功力。当搬重物时吸气，就增大了力气；学习时凝神吸气，就能集中精力；歌唱家吸气，能唱出美妙歌曲；书画家创作时也要运气，才能龙飞凤舞，字字珠玑。不学会用气，这些都无从谈起。如像泄了气的皮球，有气无力地去学习、去唱歌、去用头撞石板，会有怎样的结果呢？那是可想而知的。

气，可以深入精神领域，诸多有所建树的历史人物，能够取得那些成就，多与“养气说”的学习和实践有关系。因此，后人极为推崇孟子“吾善养吾浩然之气”的学说。浩然之气，不是普通的气，而是完全抽象化了、理想化了、人格化了的精神之气，是人们追求的一种很高的精神境界。养吾浩然之气，也是古时培养“修身、齐家、治国、平天下”的读书人的重要教育内容。

怎样才能做到“善养”吾浩然之气呢？孟子认为，必须要做到的有两条：一是“至大至刚”，即有恢宏博大的气度，刚毅坚定的气质；二是“配义与道”，即与时代发展的道义和正义相配合。这样才能养成浩然之气，并使之发挥出大的威力。古为今用，古人这些关于“养气”的思想，对今天培养有理想、有抱负、与创新时代共进的有用之才，有着重要意义。对此，学子不可不察，不可不备也！[前不久我看到一本书，《从日本中学课本学学文法》的中文版，作者秉承日本中学教育的五大方针（心的陶冶、气的培养、美的鉴赏、知的提升、德的品位），把“气的培养——气度与胸襟”作为重要内容，对此我感到很新奇，也觉得很有道理，提示于此。]

浩然之气，是由很多种气组成，如正气、志气、才气、勇气、骨气、大气、豪气、侠气等，唯独不包括生气。这些优良的气质与品格，都是浩然之气的重要成分。

对于学子来说，养吾浩然之气，主要是树立起正气、志气，培养才气。有了正气，才能化小我为大我，化有私为大公，才能为追求真理而奋斗。在旧中国，以毛泽东为首的共产党人，铁肩担道义，举起马列主义之旗帜，凭着浩然正气，把反动势力的邪气、恶气、霸气一扫而光，中国从此昂起了头，人民当家做主、扬眉吐气，国家繁荣昌盛，充满瑞气、朝气和祥和之气。可见，正气所代表的是正义、道义所指的方向，因此正气的力量是不可战胜的。

文天祥在狱中，不怕坐牢杀头，不惧威逼利诱，作《正气歌》曰：“吾何患焉！况浩然者，乃天地之正气也。”浩气凛然，正气冲天，任何邪气、恶气、秽气都是不可怕的。有了正气，志气、才气、勇气、骨气、大气等气质就有了根。有了正气，才能把志气、才气、勇气、骨气、大气等发挥到极高的境地，才能达到“吾善养吾浩然之气”的境界。

浩然之气，不仅要有正气，还要有志气、才气、勇气、骨气、大气等气质相配合，才能使浩然之气大气磅礴，气势澎湃。志气，是与正气相辅的非常重要的一种气质。志气，卡耐基解释为“朝着一定的目标走是‘志’，一鼓作气，中途绝不停止是‘气’，两者合起来就是志气，一切事业的成败都取决于此”。靠运气能侥幸一阵子，靠志气才能成功一辈子。才气，是正气和志气的支撑，缺少才气，知识不足，才干有限，正气和志气都将因此而没有底气，这三足的鼎立，是缺一而不可的。

勇气、骨气、大气等，都是从正气、志气、才气里面来的。曾子讲“以气养勇”“以志养勇”，讲的就是这个道理。勇气又是实现正气、志气、才气的重要保证。曹刿论战讲：“夫战，勇气也。”关键时候，一鼓作气，夺取胜利。没有勇气，就没有红军二万五千里长征震惊世界的胜利；没有“宜将剩勇追穷寇，不可沽名学霸王”的勇气，就没有全中国的胜利解放。人生能有几次搏，没有勇气，不敢拼搏，就抓不住成功的机会，空有正气、志气、才气，也会毫无用武之地。骨气，是自尊自重的一种气度，人不可有傲气，但不可没有傲骨。孟子说：“富贵不能淫，贫贱不能移，威武不能屈，此之谓大丈夫。”讲的是骨气。毛主席说：“鲁迅的骨头是最硬的，他没有丝毫的奴颜和媚骨，这是殖民地半殖民地人民最可宝贵的性格。”讲的也是骨气。有了骨气就会有硬气，就能坚持顶住各种歪风邪气的压力。骨气是正气、志气、才气、勇气的体现，是使之得以贯彻实施的保证，有骨气才能做成大事。可见，浩然之气里面包含的气息，是相互关联、相互推进、相辅相成的一个整体，即使是正气也不能孤立地发展壮大。壮哉！浩然之气也！

气，还形成一种特有的文化，道家思想、《易经》理论、阴阳五行学说都与气学说有关。《易经》就是把阴阳二气的消长变化，作为分析事物变化的依据。阳气象征暖气，阴气象征冷气；冷暖交替，构成了二十四个节气。在《易经》里，乾卦和坤卦分别代表阳气和阴气，随着阳光在圭表上的移动，投射出阴阳此长彼短、此短彼长的曲线，据此古人制成了太极图（俗称阴阳鱼），这是世界上最早的气象图。

而后，关于气的说法和用法广泛地进入社会生活，并具有了社会学的意义。如阳气，可理解为阳刚之气，象征积极健康向上的正面气息；阴气，是指阴邪之气，则象征着消极向下的反面气息。由气这个字组合而成的词和词组成千上万，涉及方方面面，构成汉语言独特的语言结构和表现方式，假如汉语言词汇中没有“气”字，其文字表现力将黯然失色。

如，说物有气球、气枪、气炉、气焊、气管、气门芯等；说天气，有气象、云气、雾气、潮气等；说人，则有气质、气派、气魄、气概、气度、气量、大气、小气、置气、义气、侠气、豪气、剑气、力气、气势、顺气、运气、喜气、福气、憋气、晦气、叹气、脾气、生气、和气、才气、儒气、痞气、匪气、呆气、痴气、豪气、俗气、英气、灵气、风气、习气、傻气、娇气、傲气、媚气、奴气，等等。如果去掉“气”字，词就失去了原来的含义和魅力。

形容人的状态也是一样，如有气无力、老气横秋、暮气沉沉、灰心丧气、怪声怪气、回肠荡气、沆瀣一气、矜功负气、屏气凝神、避其锐气、朝气蓬勃、意气风发、神清气爽、才气过人、财大气粗、低声下气、气壮如牛、气壮山河、颐指气使、气味相投、力拔山兮气盖世、大将南征胆气豪、每临大事有静气，等等。没有“气”字，这些句式都不成立；有了“气”字，句子的含意和汉语言的美学韵味也就出来了。“气”字组成的词汇，还起着寓褒贬、扬善恶、辨是非的作用，认真学习领会这些有关气的词汇，“择其善者而从之，其不善者而改之”，这对培养浩然之气，造就有为之才，有着重要意义。

气，伴我们造就过去，又将陪我们去开创未来。邓小平秉浩然之气，提出在21世纪初叶用三十到五十年时间，使中国达到中等发达的水平，实现全民进入小康社会的伟大目标，给我们描绘出了一幅发达、和谐、繁荣、昌盛、富强、幸福的美好前景。这是一个前无古人的伟大事业。

青少年要善养这浩然之气，投身到创新社会建设的大潮中去，做到“至大至刚”“配义与道”，树正气、长志气、增才气，肩负起时代的使命，用青春和热情，去承建起中华民族历史上从未有过的宏图伟业。让浩然之气，气贯长虹，把祖国建设得更加美丽富强，同时也把老祖宗留下来的浩然之气更加发扬光大。

大地上充满浩然之气的国家，必定是个朝气蓬勃、奋发向上的国家；内心激荡着浩然之气的民族，必定是个伟大的民族；胸中勃发着浩然之气的青少年，必定是祖国大有作为、大有希望的未来。

我们深信，秉浩然之气的新一代，必定能在自己手上，捧出一个更加繁荣强盛的祖国！

2009年10月

寻觅是成功的先导

有的学子很用功，高考却名落孙山；有的学子看似不很用功，高考却取得好成绩；也有一齐用功的学子，成功的成色却大相径庭。这种现象，没人做过量化统计，但却是一个普遍存在的事实。成功者，踌躇满志，进入理想大学；失败者，疑惑不解，迈出了中学的校门。一年年一届届，寒来暑往，不知有多少学子，不是因为懒惰，倒是因为用功，败在了成功的路上，岂不惜哉！

一、寻觅是收获的前奏。

用功的回报，为何如此不公？有学子也在找原因，但不是推诿于智商低于人，就是责怪条件不如人，要么归咎于用功力度差于人。结论只有一个：继续加倍用功。从而，又陷入了一个用功—失败—再用功—再失败的怪圈。这就从逆向提出一个反常的问题，用功未必能够成功，用功功亏一篑、用功半途而废、用功失败的人，大有人在。用功的作用，受到了严重的挑战，出现了盛名之下其实难副的窘态。尽管如此，对用功的盲从者却依然众多，盲从多了，个体性失败就会演变成群体性失败，暂时性失败就会延宕为永久性失败。这是一个值得深思、必须跳出的误区。

用功没能成功，错在哪里？涉及诸多因素，仅就学习方法而言，在于用功里面缺少了一种特定的元素，这种元素就是寻觅。犹如炼钢，只有在铁水中加入铝等特定元素，生铁才能变成好钢，用功中也必须加入寻觅，才能使用功走向成功。寻觅是成功的核心因素，缺少寻觅，是用功失败的真正起因。暂时的失败并不可怕，失败了还不知为什么失败，继续以错误的方法去纠正失败的错误，使学子在无怨无悔的用功中，心安理得地继续走向失败，这才是最可怕的事情。

对此，恰如古人所云："秦人不暇自哀，而后人哀之；后人哀之而不鉴之，亦使后人而复哀后人也。"为了前车之鉴不被重蹈，学子必须克服那种只讲用功、不讲寻觅的错误用功观，树立以寻觅为先导的正确的用功观，才能使用功的功效得到最大程度的发挥，开足马力，奔向成功的目标。为此，必须做到以下几点：

首先，要克服用功即成功的观念。有种教育，常使学子产生一种错觉，以为只要用功就能成功，从而把用功当作成功的直通车，视用功为成功铁的定律、不二法门，秉承"只要功夫深，铁杵磨成针""功到自然成"的那套简单机械的直线思维定式，坚信"美人首饰王侯印，尽是沙中浪底来""书山有路勤为径，学海无涯苦作舟"，只要刻苦用功，就自然会到达成功彼岸的观念。然而，世界上没有那么简单便宜的成功，用功中一旦缺少了寻觅，铁律也会发生扭曲变形，成功之路也会出现二律背反，导致用功失败的悖论。

其次，要克服把成功单纯归结于用功的观念。确实，获得成功离不开用功，这也使学子产生另一种错觉，以为成功就是单纯用功的结果，由此便把别人成功的终点，当成自己用功的起点。这是一种只看现象不看本质的误判。殊不知，寻觅与用功是一种主辅关系，用功只是学习的外在形态，寻觅才是决定学习成败的内在动因。比如，没有 18 世纪那个小孩瓦特对水壶盖跳动奥秘的寻觅，就没有蒸汽机的诞生；没有哥白尼对星系运行规律的寻觅，就没有太阳中心说；没有哥伦布对地球形状的寻觅，就发现不了美洲新大陆；没有门捷列夫对元素排列规律的寻觅，就没有元素周期表；没有爱因斯坦对天体运行时间速度关系的寻觅，就没有广义相对论和狭义相对论；没有马克思、恩格斯对社会科学的寻觅，就没有科学社会主义的理论；没有毛泽东对人民革命战争规律的寻觅，就没有三大战役的胜利，就没有新中国；没有邓小平对改革开放"摸着石头过河"的寻觅，就没有全民奔小康的今天。总之，没有寻觅就没有飞机、汽车、彩电、冰箱、手机、电脑、灯泡、自行车、牙刷、味素等等的诞生，就没有人类的一切发明和进步。

成功归功于寻觅，成功得益于用功。前人的成功永远是前人用功寻觅的结果，其经验可以借鉴，不可以模仿与复制。至于你的成功，只能靠你自己去寻觅。

寻觅是真假用功的试金石，是用功成败的分水岭。寻觅把用功分成两种：一种是以寻觅为先导的用功。"带着问题学，带着问题用"，为用而学，才能抓住知识的要点、疑点、重点和难点，找到知识的真谛和相互间的关联点，使自在的知识变为自觉的知识，使知识提纲挈领，举一反三，融会贯通，为我所用。这种在寻觅中的用功，才是真正的用功，是一切成功的本源。另一种则是缺少寻觅，死记硬背式的用功。这种方法貌似用功，实则是一种懒汉哲学在学习中的反映。虽然也晨钟暮鼓，做出了头悬梁、锥刺股的努力，但却是一种图省事、懒于思考的假用功。这种缺少思考的用功，容易犯莎士比亚所说的“人是活的，书是死的。活人读死书，可以把书读活。死书读活人，可以把人读死”的那种错误。用功反被用功误，这是一种不露声色的葬送。失去的不仅是好成绩，也丧失了想象能力、创新能力和寻觅能力。

“橘生淮南为橘，橘生淮北为枳，叶徒相似，其实味不同。”何以哉？寻觅所致也！所以，只有以寻觅为先导的用功，才是真正的用功，才能为学子的成功开辟出一条广阔的道路。

二、寻觅是一种伟大的力量。

寻觅是什么，竟能对用功的成败产生如此大的影响？寻觅，就字面解释，乃寻求、寻找、探索之意，没有具体所指，也看不出它的威力。但在学习生活中，寻觅却威力无穷，无所不包，无所不在，无所不能，无所不指。简单地说，寻觅是对事物的思考、判断、选择的过程。学会在寻觅中选择，就能掌握打开通往知识智慧之门的金钥匙，就能在学习中加入一种动力、一种追求、一种探索、一种思考、一种智慧、一种力量、一种倾注、一种创新、一种能力，就能悟性大增，生出一双慧眼，帮你掌握学习规律，揭示知识本质，找到克服困难的办法，到达成功的目的地。寻觅，是一种伟大的力量。主要表现为：

首先，作为一种法则，寻觅在自然界、人类社会及思维领域，都悄无声息地发挥着自己的引领作用，引导着人类从远古走来，又牵引着人类向未来奔去。寻觅从不停息自己的脚步，在天地间探究，在万物选择中驰骋。寻觅是进步的前提，选择是进步的关键。宇宙的寻觅，选择了地球；地球的寻觅，选择了人类；人类的寻觅，使自己由食物的采集者，变为食物的生产者、工具的制造者。在这个过程中，寻觅最伟大的贡献，在于发现、选择、积累、运用了知识，点点滴滴，寻寻觅觅，从涓涓细流，到汪洋大海，知识使人类彻底从动物界脱离出来，成为真正意义上的人。动物也在寻觅，但只是在本能驱使下的重复模仿，没有知识的成分，因而，动物便永远停留在动物的寻觅阶段。知识让人的寻觅不必从头做起，便能达到很高的程度，知识凝聚成智慧，创造了人类完美庞大的知识体系，凭此人类“可上九天揽月，可下五洋捉鳖”，并能不断向更高层次的寻觅进军。知识使人类主宰了世界，主宰了自己，也主宰了未来。

其次，作为一种思考，这是寻觅的本质特征，用功只是其表现形式。孔子“学而不思则罔，思而不学则殆”的思想，概括了用功和思考之间的全部内容。用功思考，才是真正的用功；用功而不思考，用功也就失去了意义。富兰克林说：“读书是易事，思索是难事，但两者缺一，便全无用处。”伯克讲：“读书而不思考，等于吃饭而不消化。”爱因斯坦讲：“学习知识要善于思考思考再思考，我就是靠这个方法成为科学家的。”孔子的“三人行，必有我师焉”“敏而好学，不耻下问”，朱熹的“读书有‘三到’，谓心到，眼到，口到”，王阳明的“格物致知”等等，都是讲的寻觅里的思考，思考里的寻觅。寻觅必得思考，思考才有寻觅。思考海阔天空，任何成功，都无一例外地是诞生在思考的寻觅和寻觅的思考当中。

第三，作为一种境界，寻觅反映的是学子读书做人的精神品质。晚清国学大师王国维，借用了古代三句爱情诗，提出了读书做人成就大事业必备的三种境界，备受后人推崇。第一境曰：“昨夜西风凋碧树。独上高楼，望尽天涯路。”是说搞好治学之道，必先独立思考，志存高远，选择好方向，讲的是寻觅人生的路径。第二境曰："衣带渐宽终不悔，为伊消得人憔悴。"说的是为实现目标，必须执着与虔诚，肯于付出，不怕辛苦，哪怕是掉几斤肉，也在所不惜，讲的是寻觅的力度。第三境曰："众里寻他千百度，蓦然回首，那人却在，灯火阑珊处。"是说为了得到"那人"的青睐，必须不怕挫折，不怕反复，锲而不舍，讲的是寻觅的韧性坚持。

可见，读书做学问必备的三种境界，从不同角度突显的都是寻觅。在三种境界里，寻觅才是最高的境界。

纵观人类社会历史，就是一部对知识的寻觅史和寻觅能力的提高史。寻觅能力是永恒的创新伟力，过去是，现在是，将来永远是。

三、寻觅的能量来自战胜自我。

综上可见，寻觅与寻觅能力，对用功与成功，有着多么重要的意义。因此，作为个人，学会寻觅，就是学会如何用功。这是一个必须认真思考并解决的问题。对此，笔者以为主要得从以下几点做起：

首先，要从内心寻觅做起。寻觅是一项心理活动，需求是寻觅的源动机和原动力。要使寻觅卓有成效地满足需求，就必须不断提高寻觅的自觉性，做到有意识地去寻觅。有意识的寻觅会产生巨大的能量，对培养良好的学习动机，积蓄厚重的学习动力，使寻觅能力得以有效地发挥，逢山开路，遇水搭桥，获取成功，有着重要意义。

寻觅只有在主观意识里扎下根，才能逐步实现学子的理想、追求、憧憬、愿望等。寻觅的程度，必将决定你求知的深度、广度和长度。

其次，要从寻觅正能量做起。正能量决定着寻觅的力量和方向。但人世间、头脑里，到处都是正负能量共生的统一体，积极进取的正能量不会天然产生，消极懒惰的负能量也不会自然消失。正负能量“如阴阳昼夜，每每相反。然究其所以分，则在公私之际，毫厘之差耳”。古人也意识到了，来自“公”的正能量与来自“私”的负能量，在思想中只是一念之差。因此，积聚正能量，坚信“人间正道是沧桑”的理念，树立唯物主义世界观、人生观和价值观，树立人生有为的远大理想，有了正确的价值取向，高标准的自我要求，个人能量就会与国家能量融合在一起，让正能量最大化，一身正气，威风凛凛，就能战胜消极人生态度的侵蚀，抗击懒惰和享乐主义的损害。世界并不完美，有真善美，就有假丑恶，正能量不强，负能量就增长，就削弱你的正能量，减少你成功的希望。

正能量的强弱，决定寻觅能量、寻觅能力的大小，也决定着用功后劲的力度和成功的高度。学子人生路，漫漫其修远，将正能量不断贮存在你的潜能当中，取之不尽，用之不竭，使你终身受益。

第三，要从寻觅个人实际做起。寻觅为了成功，成功的关键，是要从个人的实际做起。至于成功是什么，一百个人有一百种解释，国际上对成功有个公认的定义：“实现自己有意义的既定目标。”你的成功是什么、在哪里、怎样找到它，只能靠你在实践中去思考、去选择、去寻觅。成功不在于官当得有多大，职位有多高，也不在于钱挣得有多少，而在于“有意义”。成功没有贫富贵贱、大小尊卑之分，有益于社会，有利于他人，适合于自己就好。我钦敬马克思所说的成功：“在崎岖的道路上不停地攀登，并达到光辉的顶点。”我也赞赏那样的见地：“在适合的位置，找到你喜欢做的事，并做得满意，就是成功。”如果进一步，你能把成功当作副产品，享受成功之前寻觅的快乐，就达到了一种新境界，找到了一种新的幸福。

法国著名作家左拉曾这样说过：“生活的全部意义在于无穷地探索尚未知道的东西，在于不断地增加更多的知识。”是的，请尽力寻觅吧！它会成为你撬动未知通往成功的得力杠杆，会让你活得更有力量、更有意义。

2014 年 11 月

由感恩节想到的

感恩节起源于美国。1620年，英国的移民，在一个寒冷的冬天来到美洲，不少人因饥寒交迫冻饿而死，是印第安人的救助使他们活了下来。为表达感恩之心，英国人每年邀印第安人共同举行庆祝活动。初时没有固定日期，直到1863年美国独立后，林肯总统才宣布将感恩节作为全国性的节日，时间定在每年11月的最后一个星期四。

改革开放以来，中国逐渐与国际接轨，不仅好莱坞大片、波音飞机，还有西方的节日，如圣诞节、感恩节、母亲节、情人节、愚人节等，也一起飞进中国来。特别是圣诞节的平安夜、狂欢夜，经商家炒作，火树银花竞相绽放，烤火鸡的香味也在国人的餐桌上飘荡。这里没有对“上帝”的膜拜，也没有对“圣诞老人”的感激，有的只不过是生活好了的中国人，借此机会在打哈哈凑趣中，寻求一些快乐而已。

感恩节没有圣诞节那么热闹，也没人炒作，却在不少人心中产生了认同，以至于有些中学生倡议：设立中国人自己的感恩节，借以抒发对亲人、师长、朋友的感恩之情。这是学生美好心灵的一种昭示。

感恩，针对忘恩负义而言，是一种高尚的思想情怀，是超越肤色、国界，不分贫富贵贱的一种人间美德。感恩的心，来自于一定社会生活和教育的背景，究其根源甚至可以追溯到原始人群在渔猎斗争中互相依存的感情维系关系。学生的感恩，与过感恩节没有必然联系。中国人过圣诞节，并不需要了解圣诞节的来历；中国人不过感恩节，却不并缺乏感恩的情怀。

中国没有感恩节，也没有像美洲的英国殖民者那样，占领恩人土地，杀死土地上的恩人，还在感恩节兴高采烈地搞庆祝活动，吃火鸡，画脸谱，戴着面具到街上唱歌、吹喇叭那样不协调的历史。中华民族不仅注重感恩，更注重报恩，注重把感激回报给他人，并把知恩图报者称为“君子”，把忘恩负义者视为“小人”，主张投桃报李，“滴水之恩，必当涌泉相报”“投之以木瓜，报之以琼瑶”。感恩早已融入于诸如春节、清明节、端午节、中秋节、重阳节、建军节、国庆节、教师节等节日里，并利用这些节日寄托自己的感恩情怀，这是中华传统美德的重要组成部分。

感恩节来到中国，已经堂而皇之地走上台历，时间也是11月的最后一个星期四。这无疑对感恩教育起到一定的示导作用。对西方好的有用的东西，应该采取拿来主义，实行洋为中用，用美国的感恩节之名，来装中国的感恩美德之实，亦不失为好的办法。当然，中国人过感恩节，不会有感恩印第安人的情分，也没有感恩上帝的意思，而是重在表达中国式的美德。然而，毋庸讳言的是，有的学生的心灵中出现了“水土流失”的现象，有的只知索取不知感恩，有的还视索取为理所当然。这种不良情感倾向，若伴随着青少年的成长发展下去，对于国家培养高智商、高情商、高爱商协调发展的有为之才，将是极为不利的。鉴于此，笔者认为，当前必须对学生施以正确的感恩教育，使学生学会正确对待感恩，这是比单纯过感恩节更为重要的事情。

感恩是心灵的节日

感恩，是一种伟大的思想情怀，是做人的根本。学会感恩，对青少年学生养成良好的思想品德，有着重要的意义。感恩会使你的内心世界阳光灿烂，充满真、善、美；失去感恩，你的心灵之窗就会被阴霾遮挡，限制情商的发挥，束缚智商的施展。没有感恩的感恩节，如同没有圣诞老人的圣诞节，并没有实际意义。感恩节是抒发感恩情怀的节日，也是宣传感恩教育的节日。

学会感恩，也是在培养良好的品德和美好的心灵。学生尚在成长中，只有建设起美好的心灵，才能成长为全面发展的有用之才。不懂得感恩，灵魂就有缺欠；感恩教育有欠缺，未来社会就有欠缺。不懂感恩的灵魂，就会出现冷漠、狭隘、哀怨、自私等不良倾向，使人变得缺乏责任感，缺乏信义，缺乏感情。试问，谁愿意与不懂感恩、无情无义的人为友呢？难怪有些用人单位在聘人时，还把是否孝敬爹娘作为考核指标，如果连自己的爹娘都不爱，你还能爱谁呢？这样的人必然不会有威望和信誉，也不会受到人们的尊重。

卢梭说得深刻："没有感恩就没有真正的美德。"目前，为了培养学生的良好品德，感恩教育已受到家长、学校、社会包括学生在内的广泛重视，上海市通过立法，将"学会感恩"纳入了《中学生守则》，加强了感恩教育的力度，值得效法和探索。但也有些地方采取的做法值得商榷。如某些地方报刊连篇累牍的"一刀切"的宣传，让中学生开展"给妈妈洗一次脚"的活动；有的还集中在学校操场开展这项活动，场面蔚为壮观。为了宣传感恩，有的官方部门还把传统拜年改为"六拜"活动，即"一拜壮美河山，二拜炎黄始祖，三拜历代英雄，四拜革命先烈，五拜英雄模范，六拜亿兆黎民”，有人批评说，这里“唯独不见爹娘”。没有谁能说这些活动是不对的，但却又总使人感到这样的感恩教育并没挠到痒处，难道感恩教育就是这样的吗？感恩是心灵的产物，感恩教育也必须走进学生的心灵，才能做到从心灵出发，并收到良好的效果。

感恩是一种责任，是一种积极的人生态度。当代著名物理学家霍金病魔缠身几十年，做出了伟大的成就。在中国的一次演讲后记者问他：“卢加雷病已将你永远地固定在轮椅上了，你难道没有为自己失去的太多而悲伤吗？”霍金吃力地回答说：“我有终生追求的理想，有我爱和爱我的人和朋友，最重要的是，我还有一颗感恩的心。”这颗感恩的心，为他赢得了喝彩，让我们看到了大师之所以成为大师的另一个伟大之处。

感恩是一种哲学思想和人生智慧。当你用感恩的心去拥抱世界，你就会感到你是那么幸福，周围的一切都是那么的美好。浩瀚的宇宙、蓬勃的万物、清新的环境和美好的生活，阳光、空气、水、泥土、花、草、树、木、虫、鱼等，都可以成为你感恩的对象。

在感恩情怀的陶冶下，你会心胸开阔，志向远大，登山志高于山，观海情溢于海。感恩壮丽的山河，能给你带来激情和勇气；感恩宝贵的人生，能帮你培养积极向上的人生态度和和谐有度的处世方法，即使你遇到了不快的事，感恩的心也会给你送去解脱的智慧。美国总统罗斯福曾遭遇失窃，他用感恩的心待之，并写信给劝慰他的朋友，说：“亲爱的朋友，谢谢你来信安慰我，我现在很平安。感谢上帝，因为：第一，贼偷去的是我的东西，而没有伤害我的生命；第二，贼只偷去我部分东西，而不是全部；第三，最值得庆幸的是，做贼的是他，而不是我。”

感恩是爱的节日

施恩和感恩，都有一个共同的根，那就是爱。学会感恩，必须在心中树立起爱，爱祖国、爱人民和爱你身边的人，如果你做到了，感恩将会是你心灵中最温馨的节日。有了爱，你的生活和生命都将变得更美好，更有意义。爱与爱的回馈，是条永不停歇的河流，它流淌到哪里，就会为哪里送去幸福、和谐和甜蜜，既营养了别人，又滋补了自己。

感恩播撒的是爱，收获的也是爱。人人都有自己的成长经历，无论何等了不起的人物，都受过爹娘的养育之恩、师长的教诲之恩、亲友的帮助之恩，都会收获别人对你的爱。感恩就是用爱回馈那些值得你去爱的人，至于你用怎样的爱去回报你所爱的人，则是学生经常遇到又必须正确认识的问题。笔者认为，学生感恩，要抓大放小，不要计较眼前的小恩小惠，感恩也要树雄心、立壮志，有远大理想和较高起点，才不会陷入细枝末节上的爱、鸡毛蒜皮上的感恩。感恩也要有档次、凭实力、有后劲，要有大志向、大目标，才会有大爱。

人生之大爱，首推孝敬爹娘。爹娘的爱不求回报，也不会要你天天给他们洗脚，更不会要你“父母在不远游”，整天围着爹娘转。爹娘的爱，是希望你有出息，成为学有所长、对国家有用的人，只要你做到了、做好了，就是对你爹娘最大的孝敬、最大的爱。许世友离开母亲时，还是个苦娃子，几十年后，当他跪在母亲面前时，已成为共和国的开国大将军，他虽然没能侍奉自己的母亲，却为解放无数个受苦受难的母亲立下了汗马功劳。短道速滑运动员周洋，在夺得世界冠军接受采访时，回答得很质朴："就是想让爹妈生活得好一点。"这就是人间大爱。假如学子不刻苦努力，身无长技，只会当"啃老族"，不但尽不了孝心，反而会使爹娘跟着闹心。

学子的感恩，除了爱爹娘、爱师长和亲友，还有更大的爱，那就是爱祖国、爱人民。在封建社会里，皇帝集家、国概念于一身，爱国即是"忠君"爱皇帝。今天讲爱国，则是要爱社会主义的国家，忠于人民这个"君"。

古人常说"忠孝不能两全"，说的是国和家的利益相冲突时，国家利益高于一切，要顾大家舍小家，勇于为国尽忠，这也是中华民族的传统美德。岳母刺字的故事，使忠孝得到了统一，至今仍极富教育意义。今天，过上好日子的中国人千万不要忘记先有国后有家的道理。我的老家在冀中平原，抗战时期，日寇对那里进行疯狂的报复性扫荡，实行烧光、杀光、抢光的"三光"政策，每提到那国破家亡的悲惨年月，妈妈就会讲起当时斗争的残酷、牺牲的悲壮和"乱离人不如太平犬"的遭遇。在那样的境遇下，老百姓妻离子散，自顾不暇，侈谈感恩。现在，中国人民的生活质量发生了翻天覆地的变化，这一切，都源自于有一个强大的国家。学生必须要热爱自己的国家，感恩那些为国捐躯、用鲜血染红这片土地的先烈，感恩那些为民谋福祉的革命先贤。忘记就是背叛，感恩才有继承。在学生的心中，应该永远祭奠英雄先辈的神灵，在感恩中自强不息，艰苦奋斗，把社会主义祖国建设得更加强大，让千千万万个家庭过上更好的日子。

感恩是未来的节日

学生的感恩，生发于个人经历，面向的却是未来的世纪。感恩寄托的是理想，积聚的是力量，激发的是不懈的进取，是把希望变成现实的强大人生动力。从这个意义上讲，感恩也是未来的节日。

学生的感恩，既要重在当下，又要旨在长远。重在当下，即重视抓好感恩教育；旨在长远，即感恩要注重未来，注重发展，注重感恩的成就和实力。毛泽东十六岁离开家乡时，夹在父亲账本里一首诗，“孩儿立志出乡关，学不成名誓不还。埋骨何须桑梓地，人生无处不青山”，这是怎样的雄心壮志，这是怎样的感恩情怀。今天读来，仍具有撼人心魄的力量。

学生的感恩，不要急功近利，报恩也不必在当下。2008 年媒体曾有《湖北五名贫困大学生受助不感恩被取消资格》的报道。讲的是受十九位女企业家出资救助的二十二名贫困大学生中，有五人没按组织者要求，给资助者打电话、写感谢信，而使资助者寒了心，被取消了受资助的资格，一时间所谓学生不知感恩的行为受到广泛谴责，引起很大反响。学生没及时表示感恩的原因不得而知，但只因对施恩的人没表示感恩就被取消资助资格，是不可取的，你献出的是爱心，资助的是贫困，而不是要购买廉价的感恩。施恩不求回报，感恩重在长远，施恩者应该相信爱的力量，在未来的时空里，一定能结出感恩的果实来，在爱中成长起来的学子，也一定能把这爱的种子撒向整个未来社会，使感恩的心，代代传递下去。古人对此早有名训：“施恩者，内不见己，外不见人，则斗粟可当万钟之惠；利物者，计己之施，贵人之报，虽然百镒难成一文之功。”讲的就是这个道理。

学生的感恩，要持久长远地发展下去，还必须坚持积极向善的做人准则，讲良知、讲道德、讲法制、讲原则，否则就有被人施以的小恩小惠所利用的可能，做错事甚至做坏事。如某学生受雇于某老板，为感其“知遇”之恩，在其授意下杀死了另一个敌对的老板，结果是老板与他都被判刑，断送终生。如果用讲法制、讲原则的感恩之心，晓之以成败利害，劝解“恩人”停止错误行为，就会是另一个结果，那才是光明正大的感恩之心。

一年一度的感恩节过去了，下一个感恩节又要来临了，请你记住，过感恩节的时候，千万别忘了带上你那颗感恩的心！

2010 年 4 月

要保护好你的脊椎

也许有学子会问，脊椎藏于体内，看不见摸不着，怎样保护，为何要保护？这种质疑本身，正说明了对脊椎作用的无知，也表明了提出并解决无知问题的必要性和紧迫性。无知是脊椎病的摇篮，是比疾病危害更大的疾病。只有消除无知，才能让脊椎免遭疾病侵袭。而保护好脊椎，就是保护好健康，保证国家栋梁之材有充沛的体力和精力，去为共和国的建设大业，做出更大的贡献。

脊椎，俗称脊梁骨，在精神世界里，是人格品质的象征；在生命世界里，是人的造血器官，也是重要的运动器官，是人所有器官的总揽。脊椎主要由颈骨、胸骨、腰骨的二十四节骨关节组成，处于人体中轴的位置，它把体重揽于自身，让中枢神经畅行于椎管，由此分蘖出的末梢神经，密布到周身的每一个细胞、每一块肌肉、每一种感觉和知觉。它往下传达思维的指令，也往上报告喜怒哀乐的感觉，是大脑司令部的“军机处”。它辖四肢，蕴五脏，疏神经，导血脉，强筋骨，壮肌肉，是精力、体力的力量源泉，是撑起学子生命、创造人生奇迹的顶梁柱。

然而，对这样一个生命重地，有的学子却疏于保护，当脊椎遭受到颈椎病、腰椎病的噬咬和侵袭时，对其生理危害及病理原因毫无所知。结果是，在肩周炎，关节炎，骨质疏松，脊柱弯曲，椎管狭窄，颈椎间盘、腰椎间盘突出等一系列病名的变换中，学子变成抬手肩痛、仰头颈僵、跑步气迫、涉水足痉、步履艰辛、精神萎靡的“病秧子”。

笔者也是曾经的患者，有过惨痛的教训。年轻时，我的颈肩背就有了酸麻胀痛的症状，被诊断为“老年肩”，虽然那会儿才三十岁左右。自以为是偶感风寒的小病，贴贴风湿膏就是，没太在意，也不晓得如何重视保护，就这样，治一治好一好，拖一拖就犯一犯，把这个多发病、常见病拖成了慢性病。几十年过去，拖到今年5月初的一个早上，七十四岁的我，终于以“脊髓型颈椎病”的名义，被推进了手术室。无影灯冷漠的光照着我麻木的手，在手术风险书上签上了自己的名字。没有恐惧，没有紧张，唯一想到的就是相信医生。医生也没让我失望，麻醉醒来听到的第一个声音便是：手术很成功。但我却为此付出了巨大代价。

躺在病床上，我痛定思痛。通过学习思考，我明白了，脊椎病并非因外部传染而来，也不是因基因遗传所得，而是由当事人违背脊椎运动规律，因不良的行为习惯，不当地使用脊椎，这一人为“内患”造成的结果。无知酿就了脊椎病，愚昧是无知的帮凶，它让你看不清发病的原因，也找不到消除它的办法。

同脊椎病做斗争，人类经历了漫长的过程。直到1895年，才由一位名叫帕默的美国医生，对该病做出了科学的判定。他认为，脊椎病并非单一骨关节疾病，而是一个由神经—肌肉—骨骼组成的系统性疾病。由此，他创立了“脊骨神经病医学”这个新学科，并提出了一套新的防治方法。2004年，世界卫生组织通过了《脊骨神经医学基础培训安全指南》，进一步完善了对该病的防治规范，并向世界进行推广。可见，脊骨神经病有多厉害，它已经成为一个世界性的疾病。

脊骨神经病医学与中医相结合，形成一套独具中国特色的预防治疗体系，使该病的治愈率得到空前提高。可以说，只要通过正规医学的干预，任何脊椎病都可以得到有效治疗，包括复杂的颈、腰椎手术的治愈率，均能达到极高的水平，并且非常安全。医学的进步，为保护脊椎，做出了伟大的贡献。

但是，还有一个更凶恶的敌人，那就是发病率的不断攀升，带来深层次的危害，这同样也没引起学子的重视。据统计，在我国青少年学子中，颈椎病的发病率由1996年的8.7%，到2019年攀升到12%，增长了3.3%。治愈率的提高，并没使发病率下降，不降反升，这给治愈率打了很大折扣，也为发病率提供了足够多的人数。对此，有些学子既不关注，也没警惕，便在懵懂的无知中，坠入了那无底的深渊。

对拥有十四亿人口的国家来说，这个百分比已不容小视。颈椎病也能让腰椎发生病变，使其发病率急剧上升，目前患者已达两亿以上，即在中国每七个人中，就有一人成了“腰肌劳损”的病人。目前，脊椎病正往年轻化的方向发展，速度之快，危害之大，令人震惊。到各医院脊椎病科挂号、看病、住院的人中，青少年学子占很大的比重，真是一个令人沮丧的事实。

对此，有医生感叹道：“我整天拼命看病，累得够呛，病人不仅没减少，反而越治越多，自己一点成就感也没有。”医生的感叹，有无奈的成分，也有哀其不幸的意味；而体现在学子身上的，却是生病和看病时发出的痛苦的哀叹。

那么，怎样才能摆脱这种被动状态呢？出路只有一条，那就是积极贯彻“防治结合，以防为主”的方针，把预防当作头等大事来抓。医生治个人的病，而预防却可以治千万人的病，消费少，还收效大。如果说提高治愈率是医生的成就，那么降低发病率就是学子责无旁贷的责任。要做好预防工作，就要求学子从患者角色转变成群众性预防者。而要达此目标，对青少年学子也要提出新的要求：

要增强预防意识，学会给自己当医生。中医老祖宗提出的"上医治未病"的思想，闪烁着中华民族古老的智慧。"治未病"的这个"治"，兼有医治和治理、管理的意思。"治未病"即预防性治疗，要在没病之前，就要预防生病，做到防患于未然。预防性的保护做好了，脊椎就能不生病或少生病，发病率自然下降，也为治愈率的实质性提高创造了条件。

要当好"上医"，必先学好医学知识。前面所写的文字，就是这方面的经验教训及有关知识的总结。但内因知识建设，必须与外因条件变化相结合，才能使预防发挥出最大的效能。学子知道，作为运动器官的脊椎，只有在运动中才能不断强化进化，这是它健康发展的大趋势。而今，生产学习方式的变革，已发展到坐在椅子上，动动手指头，就可以 OK 了的阶段。而这种进步，却使脊椎远离运动，出现了退化弱化的现象，现代医学把它称为"椎骨退行性病变"，其特点是潜伏长，爆发面积大，危害也更大。学子必须自觉排除干扰，才能做到预防脊椎病的发生，从而有效地保护好自己的脊椎。

要让脊椎不断强化，必须加强体育锻炼。最近国家对加强学生体育运动提出了若干要求，为预防脊椎病创造了极有利的条件，意义重大。学子要想免遭脊椎病的侵袭，就必须参加体育锻炼，选一项或数项适合于自己的运动项目，坚持长期锻炼，必大有好处。当你锻炼出一个强健的脊椎时，脊椎病也就找不到附着的地方了。

要纠正不良行为习惯，排除发病的各种原因。要结合个人情况，找准自己弱项问题所在，努力克服。要避免长时间的违背脊椎运动规律的动作发生，如看书姿势不对的“低头族”，久坐不动的“板凳党”，都是脊椎病发病的诱因。再有，风寒潮湿，过度劳累，也会让脊骨、神经、肌肉等周围组织产生炎症和水肿，成为脊椎病发作的突破口。

要像保护眼睛一样，去保护自己的脊椎。脊椎一旦出现症状，要抓紧到医院进行正规治疗，不要拖拉，不要敷衍，不要讳疾忌医。治愈后，还要预防，警惕旧病复发。

前人患病，为后人提供了前车之鉴。前人无暇自哀，后人如果哀之而不鉴之，就会让后人复哀后人也。哀莫大焉。

但愿你获得的是胜利，为了民族的昌盛，也为了你自己的脊梁骨！

2019 年 9 月

狼牙山随笔

说起狼牙山，真是无人不知，无人不晓。在读小学的时候，课文《狼牙山五壮士》的英雄故事，在我幼小善良的心灵产生了巨大的震撼和冲撞。也许是由于悲伤，也许是因为不解，也许是出于对英雄的崇敬，便有了想要去狼牙山看看的想法。

几十年过去，现实的狼牙山无缘一见，课文中的狼牙山却伴我一生。课文虽未介绍故事发生的背景原因，但却把求索的种子，种在了少年的心底。年年累积叠加，持续了半个多世纪。在中华大地上，也在少年心中，堆起了深厚的积淀。回首往事，自己作为那其中的一分子，还真得感谢儿时那成功的教育。是它让我记住了那段悲怆的历史，让我知道了什么是中国人做人的根基。

狼牙山，英雄的山，万千学子心中的山。

一

长大后，乘工作之便，我到过了许多名山大川，但是唯独没有机会去狼牙山。如今，半个多世纪过去了，孺子也成了“老子”，许多学过的课文都已经忘却，唯独《狼牙山五壮士》这篇课文，却依然记忆清晰。当年教室里那稚声稚气的朗诵，弥漫着压抑的空气，凝聚着沉重的心情。而今课堂外的狼牙山，与五壮士跳崖的时代相比，已经是改天换地，手机里不时闪现出的信息，让人兴奋不已：神舟腾飞天际，蛟龙探入洋底，航母昂首海域。北海、东海、南海三大舰队五大兵种，各种型号的导弹、战舰、飞机，在中国南海成功举行了大规模的军事演习！崭新的军姿，崭新的装备，着实令国人振奋、欣喜！我想，假如狼牙山五壮士在天有知，那该是多么扬眉吐气！中国人受欺凌、被动挨打的时代，已经永远远去。

刚好，外交官好友白云起刚从国外大使馆退休，带回一部新车，我便要他拉我去狼牙山看看。他连夜备车加油加水，第二天一早亲自驾驶，伴着和煦的春风，出北京城，向西南，走高速。一百二十多公里的行程，似乎不多会儿，我们就来到向往几十年的革命老区——狼牙山。

狼牙山隶属河北省保定市易县。出县城向西北，便可见到远山黑魆魆的身影，地平线上，峰峦如聚，波涛如怒，奇峰交错，参差排列。因其状若“齿巉巉如锯”的狼牙，故而得名为狼牙山。山势险峻怪异，常给人以阴森恐怖、望而生畏的感觉。其实，狼牙山并不丑陋，一种大自然的冷峻美、震撼美，给人以特殊的审美享受。早在战国时期，狼牙山就是古燕国十大美景之一，有“狼山竞秀”之誉，后来又成为佛、儒、道交融，多种寺庙并存的旅游胜地。五壮士的英雄事迹，又为古老的名山增添了新的境界，成为新时代爱国主义的教育基地，成为中华民族自强不息的永久性记忆。

站在狼牙山下仰望，只见群峰拔地而起，参天蔽日。山脚下，有方石铺就石级路，顺山势蜿蜒而上，很快就神龙见首不见了尾。山由岩石垒起，石隙是树木攀登的阶梯，一团团树木，枝叶横生，招摇而上，接连不断地向峰顶爬去，有着超强的生命力。当年五壮士由顶峰跳下时，其中有两位壮士，就是被这树干牢牢托起，留住了生命。山势的陡峭，让我们清醒地放弃了登山的勇气，乘索道上山，虽然可以凌空欣赏山色风光的旖旎，但是，山里、云里、雾里、树里，就再也看不到上山的路在哪里。地势之险峻，真是一夫当关，万夫莫敌！

来到山顶，风很急，心更急：五壮士在哪儿跳的崖？峰顶是啥样子？为什么要跳崖？几十年前疑问的解答，就等在前边不远的那里。当来到狼牙山峰顶棋盘陀时，只见一座灰白色的纪念塔仰天矗立。这座纪念塔，原由边区政府于 1942 年修建，1943 年被日寇击毁；1959 年重修，“文革”期间又被毁。1986 年在原址上重建，钢筋混凝土结构的塔身，呈五层五边形，高 21.5 米，正面嵌有聂荣臻元帅题字：“狼牙山五勇士纪念塔。”塔底镶嵌着五勇士浮雕像，塔东面碑亭里有彭真、杨成武等十二位将帅的题词。

导游告诉我们，这座塔只是一个象征，五壮士跳崖处不在这里，而是在距此不远的小莲花峰。1999 年，易县政府组织民工，把轻质不锈钢钢材艰难地送上那人迹难至的小莲花峰顶，在勇士跳崖地方，另建了一座小型不锈钢纪念塔。小莲花峰三面绝壁，危岩耸立，深不见底，望之令人生畏，胆战心惊。遥想当年五壮士英雄气概，更加令人肃然起敬。据说，这座不锈钢圆球形塔顶能够折射阳光，即使大白天也能光芒四射，熠熠生辉；若月色当空，星光闪烁，球形塔顶也会发出微弱的光，时隐时现，像一颗永不陨落的恒星……

二

山高风大，在峰峦的回响中，仿佛听到山用那低沉的声音，向游人们诉说着往昔。

山告诉我们，那是 1941 年 9 月 25 日，日寇抽调三千多精锐部队，对狼牙山区进行疯狂的扫荡。为了掩护军民的转移，八路军晋察冀军区一团七连六班班长马宝玉，副班长葛振林，战士胡德林、胡福才、宋学义这五名同志，奉命阻击六百多日伪军在飞机大炮掩护下的正面进攻。五名战士以一当百，阻敌一整天，掩护了四万多军民的胜利转移。在周旋中，打死十倍于己的敌人，自己却无一伤亡。山诉说了五壮士的机智、灵活、勇敢，记录了这场载入史册的著名战斗。

山告诉我们，五壮士在完成阻击任务后，完全可以利用熟悉的地形，逃出敌人的追击，但是他们没有这样做。为了不让敌人发现军民转移的去向，他们有意识地且战且撤，把敌人引上小莲花峰。对敌人来说这是一条死路，对五壮士来说也同样没有了退路。勇士们砸烂了枪支，挺胸走向悬崖绝壁，高呼着“共产党万岁！打倒日本帝国主义！乡亲们永别了！”的口号，纵身跳下了深渊。这就是著名的狼牙山五壮士。

山告诉我们，是它用身体挡住了敌人打来的子弹炮弹，它的崖穴石隙为壮士提供了暗堡和枪眼。但到后来，战士们子弹打没了，石头扔光了，近得可以看清面孔的敌人一边喊着要抓活的，一边向山上逼来。战士摔碎了手中的枪，把留给自己的最后一颗手榴弹扔向了敌人。手榴弹的爆炸声，是战士心头怒火的迸发，弥漫的硝烟，表达了战士心中的悲愤和不甘！

那一刻，战士在想什么，我无法知道。但是我想，只是我想，假如战士们手里有充足的子弹，有和敌人一样精良的武器，那一天，敌人休想登上这小莲花峰！但是战士们什么都没有，跳崖成了他们蔑视敌人、仇恨敌人的最后一颗子弹。

山告诉我们，敌人被壮士的英雄行为震撼了，当他们爬上山顶，居然列队向跳崖的勇士们鞠躬敬礼，让人感到伪善的可恶，世上怎么会有侵略者给反侵略战士衷心敬礼，非正义又怎么可能发自内心地讴歌正义。敬礼对烈士毫无意义，伪善者也不可能放下手中的屠刀。敬礼的目的只有一个，为激发己方被打掉了的士气，使之更加凶残地去为侵略者卖命。

据记载，日寇在狼牙山战斗吃亏后，便对当地老百姓进行了疯狂的报复，把北淇水村没来得及转移的老人、妇女、儿童赶到一块空地上，逼迫村民提供八路军的线索。村民不答应，日寇就把三十九个村民逐个推进井里，连老人和抱着孩子的妇女也不放过。为不留活口，每推进几个村民，就用石头往井里砸。这就是“北淇水惨案”。刽子手就是那帮“敬礼”的鬼子官兵。

三

听过大山的诉说，像读完一本写在岩石上的书，言之凿凿，硬朗真切，使我又受到了一次《狼牙山五壮士》的教育，与课本对比之下，方知书上得来终觉浅。站在山顶，心潮澎湃。凝望奔腾的群山，豁然感到，眼前这山已非造山运动的原始之物，而是变成五壮士那样有血有肉、有人格、有气节、有血性、敢爱敢恨、立场坚定、威武雄壮、顶天立地的英雄战士。这“山”闪耀着中华民族崭新的思想、信仰、责任、使命、追求和勇气，这

“山”的魂灵，才是中华民族赖以生存并凭此振兴发展的擎天柱。

此刻，毛泽东在长征路上借山以言志的那首壮丽诗篇涌上我心头：“山，刺破青天锷未残。天欲堕，赖以拄其间。”表达了共产党领导的革命军人，把国家兴亡的擎天大业，救万民出水火的民族大任，扛在自己肩上的那种英雄气概。这“山”，曾被鲁迅赞誉为“中华民族的脊梁”，是曾经遭受半殖民地半封建奴役的国人“最可宝贵的性格”。五壮士所表现的正是这种高贵的品质。今天，国家正处在和平建设时代，不再需要流血牺牲，但却仍然需要那“山”的品质和性格。那“山”里仍蕴藏着极大的正能量，是学子学好知识，树立正确人生观，成为建设中国特色社会主义接班人的可靠保障。

如果后人丢掉了对这“山”的信仰，忘却了那段惨痛的历史教训，不崇尚自己的英雄，狼牙山就会失去牙齿的锋利。中国历史上的名山不可谓不多，但除了山川秀丽壮美、文化遗产丰厚、景色优美之外，就其承载的思想内容来讲，基本是靠帝王将相、文人墨客的光顾，神话传说的盛行，宗教寺庙的林立，才有了那么大的名气，如庐山、黄山、峨眉山、东岳泰山、西岳华山、中岳嵩山、南岳衡山、北岳恒山；还有五台山、南北普陀山及“望之蔚然而深秀者”的琅琊山，“海上有仙山，山在虚无缥缈间”的蓬莱山等。

但是，中国还有另外一种与之不同的名山，那就是由红军一路打出名气来的山。从井冈山到宝塔山，到东进太行山、狼牙山，千里挺进大别山，会战沂蒙山，阻击塔山、黑山，扫平威虎山，剿匪十万大山，解放舟山、五指山——靠勇士们的拼死搏斗，硬是打出了一个红彤彤的人民江山。这种“山”的气派，无比高大壮伟，能使万山红遍，层林尽染，是中华民族不可或缺的、取之不尽用之不竭的宝贵精神财富。如今，后人正尽情享受着这“山”的产出，而守望好这“山”的家园，却是后人必须承担的伟大历史使命。

四

然而，中国个别“目光远大”的教育家，竟提出要把《狼牙山五壮士》从学生课本中删掉，引发了一片争论。理由也是有的：“单一以革命战争题材为主的文章结构与学生们的思想脱节。”强调“现在社会以多元化为主”，学生们需要更新知识，以适应“现代社会的需要”。不审时度势，不权衡利弊，不找原因，一味地靠删课文去解决“脱节”问题，还真不知“脱节”的究竟是谁。

最近，作为侵略国的日本毫不脱节地把侵略战争的内容，从小学课本里删掉了，而作为受害国的中国，有人竟然也要把日本侵略战争的课文从课本中删掉，真是让人大惑不解！删掉的是一篇课文，也是一种精神，一种教育的理念。难道删掉这篇课文，教育就多元了吗？难道不忘历史教训，不是教育中的一“元”吗？如此删削下去，究竟会适应一种怎样的“需要”，还真是个值得警觉的问题。

树欲静而风不止。请看日本教师是怎样给学生布置历史试题的：“日本跟中国每一百年就打一次仗，19 世纪打了日清战争（即甲午战争），20 世纪打了一场日中战争（即抗日战争），21 世纪如果跟中国开火，你认为大概是什么时候？可能的远因和近因在哪里？如果日本赢了，是赢在什么地方？输了又输在什么条件上？分析之！”可见，强盗有强盗的逻辑，没有任何道义可言，这倒从反面让我们清醒地认识到现行的教育应该承担怎样的责任。

生于忧患，死于安乐。忘记历史教训，意味着背叛。近代史告诉我们，没有信仰、不崇尚英雄、没有忧患意识、一盘散沙的民族，是挡不住强盗的奸淫和掠夺的。当前，国家富强了，孩子们可以在优越的环境中快乐地成长，但是决不能忘记那段国家被动挨打、人民任人宰割的历史。也得分析一下，中国往昔落后和今天强大的远因和近因是什么，从而坚定不移地树立起按社会主义方向走下去的决心和信心。如果生活优越了，知识水平提高了，那“山”的精神却丢掉了，甚至连爱国主义也不知哪里去了，那将是极其危险的事情！

我曾记得，一个在法国读博士的中国“精英”，业余给我们当导游，鼻子不长，眼睛也不蓝，是中国爹娘养的，但却在面包车里大放厥词。车里有人质问他：“你是中国人吗？你知道中国近代史上汉奸为什么这样多吗？”他从此无言。

我曾记得，有位外国记者问中国学生，对中国狼牙山、老山牺牲的烈士怎么看，回答竟是：“傻帽！”

我曾记得，狼牙山在诉说中还讲到，在进攻的山路上，有汉奸晃动的身影。

……

怀着一种复杂的心情，我离开了狼牙山。

夕阳把狼牙山的影子投向辽阔的冀中大地，我才知道，“燕赵多慷慨悲歌之士也”，说的就是这个人才辈出、人杰地灵的地方。易水河映着狼牙山静静地流淌，送走了无数英雄豪杰。炎黄二帝打败蚩尤，在这里逐鹿中原；燕国太子丹在易水河边把酒，送别了刺杀秦王的荆轲：“风萧萧兮易水寒，壮士一去不复还。”

廉颇、刘备、祖冲之、郦道元、赵匡胤、关汉卿等一大串的名人，都是从这狼牙山下、易水河边的田埂上走出来的。历史人物渐行渐远，而狼牙山之巅的五壮士，却永远留在易水河与狼牙山的倒影之间，扎根在中华儿女的心田。

狼牙山，英雄的山，中国人民心中的山！

2013 年 9 月

浣花溪随笔

浣花溪本是一条无名的小溪，据说是一个动人的故事，使它有了今天的名字。那是很久以前的一天，有个美丽的姑娘，在溪边浣洗衣衫，忽见一长满癞头疮的僧人不慎跌进溪里，袈裟沾满泥水，便让姑娘给他洗洗。善良的姑娘欣然应允，袈裟在水面翻动，水中便冒出朵朵荷花，顷刻间漂满水面。待要看究竟时，僧人已不见了踪影。由此，小溪便有了这诗样的名字——浣花溪。

溪水牵手荷花，送走浣衣女。不知过了多久，时光来到公元759年，浣花溪迎来了一位内心满是伤痕的诗人，他，就是诗歌以“诗史”著称、被赞誉为“诗圣”的伟大现实主义诗人——杜甫。那时节，正值安史之乱，作为小官吏的诗人，被无情地抛入社会的底层，眼见得儿子饿死，便携妻子儿女，随着逃难的人流，由甘肃辗转来到成都，在好友剑南节度使严武的资助下，于城西浣花溪畔，建了一座带有川西风格的茅屋。于此，诗人居住了四年，度过了一生最为安适、恬静的一段生活。诗人对茅屋充满感情，将其命名为“浣花草堂”。

四年过去，溪水送走了诗人，把茅屋留在自己的倒影之中。茅屋给诗人温馨，也带来了烦恼，可能因施工质量问题，仅住了两年多，屋顶茅草便被一场秋风卷跑，著名诗篇《茅屋为秋风所破歌》写的就是茅屋的遭遇。诗人离开浣花溪，茅屋自然毁弃，但茅屋里的诗，却随着浣花溪水，经岷江、长江，流入五湖四海，滋润着中华民族的心田。

时光来到百年后的晚唐，茅屋迎来了第一位诗人的粉丝——韦庄。韦庄也是诗人，他从陕西来四川做官，便寻茅屋旧址，在原地，依原样，重新修建了那座茅屋。这是后人第一次也是最早的一次修建纪念杜甫的草堂。而后，茅屋迎来宋代的粉丝，杜甫像始画于墙上；迎来明代的粉丝，诗人半身石雕像立于堂上；迎来清代的粉丝，康熙帝第十七子果亲王，为茅屋书写了“草堂”二字，茅屋进行过两次大规模修缮，奠定了草堂的格局。据资料记载，在迄今一千二百多年的时间里，茅屋经历了十一次的损毁，十二次的重建，建了毁，毁了建，直到中华人民共和国成立，茅屋又得到全面修葺，并更名为杜甫草堂博物院。

草堂沿溪而建，占地三百多亩，俨然一座古建筑群落。院内厅堂楼阁勾连有序，茂林修竹曲径通幽，历代文人墨客、军政要员多会于此，题写的楹联、匾额、诗词、书画，均陈列其间。草堂颇有官家气派，但那却是由人民所建。相比之下，杜甫建的那座普通得不能再普通、简陋得不能再简陋的茅屋，非但不让人觉得寒酸，反倒显得更加耀眼，成为草堂院内最具影响力、最让人心动的一件核心文物。千百年过去，来浣花溪拜谒茅屋的人络绎不绝，从未间断，有普通百姓，也有国家政要，他们都曾在茅屋那小小的门槛上，留下自己的脚印。这是中国文学史上的奇观，是世界文坛上的壮举。不久前，杜甫还被收入“世界百名文化名人录”。浣花溪，已成为一条举世闻名、见过大世面的小溪，杜甫谓之“浣花草堂”的茅屋，已成为世人心中追寻的一座“圣殿”。

浣花溪送走了诗人，茅屋再没出现过诗人的身影，却为茅屋唤来了众多粉丝，这一来，就是一千二百年的绵延不断。我尝以古仁人之心探究，也常以一己之愿求索，曾在三十多年里五次来到浣花溪，或坐在竹林下与茅屋隔溪相望，或走进茅屋看梁上的茅草，或默诵在这里诞生的诗篇，或遥想诗人当年的生活，或在时间隧道里与诗人进行心灵的对话……在静穆的空灵中，发着思古之幽情，一种难言的艺术享受和莫名的精神满足，在心底里油然而起。此刻，我意识到这种美好的感受，并非缘自眼前泥土的茅屋，而是来自诗人和读者共同创造的一种艺术意境，而要达到这个境界，通道只有一个，在去浣花溪的路上，读好诗人在浣花溪写的诗，要读出其中的味道来。

一、要读出茅屋诗的美学意境。

杜甫在浣花溪写有二百四十多首诗（简称“茅屋诗”），是杜诗风格多样性的组成部分。在发扬乐府诗“感于哀乐，缘事而发”的基础上，杜甫把生活中的“感”，用诗“发”了出来，做到“有感而发”“意在笔先，神余言外”，“无复依傍”地写出了许多真实、美丽的“即事名篇”。生活并不缺少美，“而是缺少对美的发现”。杜甫诗多维度地发现了美，使得茅屋的艺术张力、美学韵味，以及诗人热爱生活的美好情感，均得到充分的展示。读茅屋诗，不仅能得到充分的艺术享受，而且对提高文学修养，培养艺术审美能力，建造心中艺术的“茅屋”，会起到单凭说教起不到的美育作用。

如“两个黄鹂鸣翠柳，一行白鹭上青天。窗含西岭千秋雪，门泊东吴万里船”就是这样一首美丽的诗篇。诗里没直写茅屋，但“窗含”二字，已使茅屋成为读者视觉、听觉及感觉的出发点，一幅立体画卷，在窗外徐徐展开，景色由近及远，心思却由远及近，茅屋触手可及，意境却寥廓高远。又如："黄四娘家花满蹊，千朵万朵压枝低。留连戏蝶时时舞，自在娇莺恰恰啼。"写出了邻家如画如歌的美景，有音乐节拍，有舞蹈蹁跹，有如仙境，邻家春光好，映出自家好心情。如"好雨知时节，当春乃发生。随风潜入夜，润物细无声"，诗人置身茅屋，喜听春风春雨，复苏万物，也把内心的欢喜写进了诗里，并把这感受悄悄地告诉了作为读者的我和你。

至于《客至》"舍南舍北皆春水"，撩得诗人豪情大发，邀邻居来家做客，那种与"邻翁相对饮"，或隔着篱笆"尽余杯"的情景，如在眼前，闻其声见其形，生活气息浓郁感人。《江村》"老妻画纸为棋局，稚子敲针做钓钩。多病所须唯药物，微躯此外更何求"，茅屋生活的窘困、宁静与满足，跃然纸上。还有《院中晚晴怀西郭茅舍》"浣花溪里花饶笑，肯信吾兼吏隐名"的怀想，《堂成》"频来语燕定新巢"，茅舍与鸟巢相继建成，相映成趣，《早起》"童仆来城市，瓶中得酒还"，《草阁》"草阁临无地，柴扉永不关""泛舟惭小妇，漂泊损红颜"，《为农》"锦绣烟尘外，江村八九家""卜宅从兹老，为农去国赊"，都道出了浣花溪宛如伊甸园般的美好。读其诗若随诗人徜徉其间，令人陶醉，令人神往！

明代有个叫钟惺的文学家，慕诗名游此，并著文《浣花溪记》，在赞美浣花溪之余，得出这样的结论：来浣花溪"然必至草堂，而后浣花有专名，则以少陵浣花居在焉耳"。

可见，浣花溪有名，并非僧人袈裟、浣衣女洗衣所为，而皆因杜甫在此建茅屋而居，"有长留天地，月白风清一草堂"耳。

此言实为不虚也。

二、要读出诗人的高尚人格。

浣花溪的诗，有意象美的流淌，也有人格美的喷涌。与意象美相比，人格美“颜值”更高，穿透力更强，感人更深，普世价值更大。“歌为苍生吟，心为天下忧”，是歌者忧国忧民艺术生涯的真实写照。人格美，是杜甫所处时代的人生态度、立场、情感、品德的优化组合，是对“典型环境中的典型性格”的一种再现。它不似高山大川可视、梅兰菊竹可览，却带着灼热的情感迎面而来，它能点燃良知，与真善美共鸣，并产生正义的能量。对学子来说，读懂诗中的人格美，对建设美好的心灵和良好的精神环境，有着不可低估的作用。

如《茅屋为秋风所破歌》，就是个典型的代表。当时诗人正处于茅屋漏雨无干处，雨脚如麻衣，被寒似铁，“长夜沾湿何由彻”的悲苦境地。然而此刻，他不为自己而思，却为天下人而想，迸发出“安得广厦千万间，大庇天下寒士俱欢颜，风雨不动安如山。呜呼！何时眼前突兀见此屋，吾庐独破受冻死亦足!”的呼喊。高贵的心灵，高尚的人格，化为了不朽的人格力量，茅屋虽为秋风所破，但茅屋诗却成了诗歌史上的千古绝唱。

浣花溪的美丽，冲不散诗人忧国忧民的苦闷，反而把它衬托得更为强烈：《寄题江外草堂》“干戈未偃息，安得酣歌眠”，《恨别》“胡骑长驱五六年”“思家步月清宵立”和《卜居》“浣花流水水西头”“更有澄江销客愁”，《大麦行》“安得如鸟有羽翅，托身白云还故乡”，都表明了美好安静的环境掩不住家国的情怀，挥不去离别的乡愁。

至于《草堂》中的“眼前列杻械，背后吹笙竽。谈笑行杀戮，溅血满长衢”，揭露并痛斥了统治者的愚蠢和残酷。《病橘》里“剖之尽蠹虫”“汝病是天意”与《枯棕》里的“其皮割剥甚，虽众亦易朽”“死者即已休，生者何自守”，揭示了蠹虫之多与人民求生无门的内在关系。在《将赴成都草堂途中有作，先寄严郑公五首》中的“新松恨不高千尺，恶竹应须斩万竿”，对腐恶势力的愤恨，对新生力量的渴望，尽付笔端。尽管如此，诗人在《登楼》“北极朝廷终不改，西山寇盗莫相侵”中，又对唐王朝充满不舍和留恋。他知道空谈是没有用的，“天下尚未宁，健儿胜腐儒”，并表明“济时敢爱死，寂寞壮心惊”的雄心。诗人心情复杂而多元，但忧国忧民的主线却始终未变，足见其人格美的恒定。

诗人写浣花溪《病橘》《病柏》《枯柟》《枯棕》《大麦行》等树木的病态，实为讽喻唐王朝就是这样的一棵“病树”。国家的灾难，人民的痛苦，都与这树的病，有着直接的关系。社会的黑暗丑恶与诗人的心灵美好，形成鲜明对照。诗人的伟大情操和高尚的人格美，得到充分而强烈的表达。

三、要读出正确的审美观。

诗歌的美，是诗人写进去的，但要把美读出来，却要靠读者的本事。要想从中多体悟出一些美的享受、美的境界，仅靠读是不行的，还要有正确的审美观。若是没有正确审美观，你的阅读欣赏就会流于表面化，甚至对杜诗做出错误的评价。

审美观的对立与交锋，在中国文学史上屡见不鲜，是不以人的意志为转移的，也是不足为怪的。如唐初有人反对骈文，对作者们进行谩骂攻击，杜甫那篇“王杨卢骆当时体，轻薄为文哂未休。尔曹身与名俱灭，不废江河万古流”的名作，就是对那种轻薄无知之人的嘲讽。而到了一千多年后的清代，杜甫自己也遇到了“轻薄”的对待，有个叫赵翼的文学家写道：“李杜诗篇万口传，至今已觉不新鲜。江山代有才人出，各领风骚数百年。”这首诗也很有名气，影响也很大，其用意也许是好的，但在说杜诗“不新鲜”的判断上，却显得轻率武断。杜甫诗是中华文化遗产中的瑰宝，它的思想精髓是不朽的，它的艺术影响力是普世的、永恒的，不存在新不新鲜的问题。这样的言论，丝毫动摇不了“诗圣”的地位。及至近现代，杜甫诗的影响力和杜甫的人格魅力，不但没有降低，反而更加提升，就是一个强有力的证明。

大文豪鲁迅对杜甫诗做出了这样的评价：“杜甫似乎不是古人，就好像今天还活在我们堆里似的。”何等的亲近，何等新鲜的为杜诗立言。

知名学者洪业更得出这样的结论，杜甫是“中国唯一影响随着时间不断增长的诗人”。

由此及彼，抚今追昔，白居易、韩愈、苏轼、王安石、陆游、文天祥、郭沫若、叶剑英、陈毅等对杜诗的尊崇，绝不是偶然的。杜甫的作品陆续传至日本、韩国、美国，并广受欢迎，也绝不是偶然的。漫长的历史，诸多的人物，如潮的好评，也是有道理的。

文学评论大师王国维曾有过这样的精彩观点：“以我观物，故物皆着我之色彩。”“我观物”的“我之色彩”，就是具有个人主观色彩的审美观。而具有主观色彩的审美观，并不是凭空而降的，而是现实美与艺术美、主观美与客观美的统一。

由此可知，建立正确审美观，对欣赏艺术作品，具有何等重要的意义。而建立正确审美观，又是一个复杂的过程。它与个人文化程度、专业习惯、兴趣爱好、性格特征，乃至世界观，都有很大关系。而这些并不属于本文探讨的范围。审美观是属于个人的，又总是因人而异的，所以，还是把建立审美观的任务，交给学子自行完成吧。

相信他们，能够结合自己的审美实际，在阅读欣赏中，把正确的审美观树立起来。

2016 年 4 月

游马致远故居

马致远是中国文学史上很有名的人。他写的小词《天净沙·秋思》，被称为“秋思之祖”。作品总共有二十八个字，简单明白，朗朗上口，易读易记，感情真挚，不仅是孩童喜读之作，更是成人常吟之作。小词历经数百年，至今吟咏不衰。

一次，在儿子家翻看《北京旅游图》，当看到北京门头沟区王平镇韭园村有个“马致远故居”的旅游景点时，顿感新奇，激起了前去拜访的浓厚兴趣。当即驱车前往，闪电飞驰。然而当赶到时，故居门上已经落了锁，只好伴着黄昏的暗淡、深秋的萧瑟，悻悻而归。

今年初春，又到北京，我急不可待地又踏上去故居的旅程。一路疑问在牵引着我，故居里是怎样的？故居曾住过怎样的人？怎么能写出这样简约而优美的诗篇？思绪间，辞章里那铿锵的节奏、优美的声韵、苍劲的画面、古朴的情怀，一并萦绕上心头，与现代牌轿车窗外跳动的燕山、流淌的永定河水、萧瑟的京西古道，瞬间相融，成为我心中特有的今古奇观。

来到故居，一位自称是马致远后人的中年妇女做了热情的讲解。马致远，河北沧州人，中年中进士，是元散曲四大名家之一，作品有《汉宫秋》《昭君出塞》等名篇。马致远仕途坎坷，曾任江浙行省官吏，后在大都（今北京）任工部主事。年轻时热衷功名，有“佐国心，拿云手”的政治抱负，经过二十年漂泊生涯，及至晚年看透人间丑恶，不满时政，遂远离喧嚣，退隐林泉，以衔杯击缶自娱。选定的就是这个离京西古道不远的小山村，建宅而居，过着“林间友”“世外客”的闲适生活。

故居建在山坡上，坐北朝南，门前建有一座石拱桥，桥面宽约一米、长约三米多，小巧玲珑。桥下小溪流水潺潺，清澈可饮，四季不绝。泉水从故居上坡不远处喷涌而出，有城里人还专程驱车到那里汲水。小桥对面是影壁，影壁后面就是故居正门，门和门框都已经腐朽不堪，据说还是当年的原物。院内正屋三间为家人居住之处，两侧各三间厢房为会客读书之所。

远眺故居四周，均在群山包围之中，屋后老树矗立，与群山遥相辉映。想当年，那里一定是枯藤缠绕、乌鸦凄叫的地方。门前不远处就是那条京西古道，是通往京、晋、陕、内蒙古乃至塞外的必经之路。不知有过多少断肠的游子，曾经在那条天涯路上，不舍昼夜地走过。马的嘶鸣，驼铃的叮咚，游子的叹息，似乎犹在耳旁回响。

面对此地、此景、此情，我猛然感到，只有在这样的环境里，住着那样的“断肠人”，才能写出《天净沙·秋思》这样浑然天成的作品。你看：

枯藤老树昏鸦
小桥流水人家
古道西风瘦马
夕阳西下
断肠人在天涯

词中连用的枯藤、老树、昏鸦、小桥、流水、人家、古道、西风、瘦马、夕阳这十个词汇，竟然写的全是作者自家房前屋后的真实景色。如此美妙的诗篇，取材竟是那样的朴素自然，没有一句是虚指，没有一句是编造，更没有一句是无病呻吟、冥思苦想的堆砌，百分百是真实生活的写照。

当然，诗人并不是简单描摹，而是给自然景物注入了生命和感情。以“断肠人在天涯”一句点石，便使十余景物成金，既是自己心境的写照，又与天下游子共鸣，传神之笔令人叹服！看似信手拈来，轻轻点到，实则匠心独具，大笔如椽，非心胸辽阔的大手笔，不可能写出这样的佳作。这对艺术源于生活、高于生活、引领生活，又是一个很好的佐证。

王国维在《人间词话》里赞曰：“寥寥数语，深得唐人绝句妙境。有元一代词家，皆不能为此也。”明、清之后也有许多人，喜欢模仿此曲写作，终因无如此自然而放弃，故曰：“余以为不可及者此也。”

此外，故居还有一处不得不提及的地方，那就是在一进大门右侧的角落里，有一个马厩。马致远曾经在那里喂养过一匹瘦马，用以代步。词中的“瘦马”可能就有它的影子。那匹马羸弱不堪，不禁使唤，他便不辞辛苦，日夜操劳，精心喂养，使它逐渐肥壮起来，因此他非常爱惜此马，视如珍宝。偏巧有个不识趣的朋友找他借马，借，舍不得；不借，又怕伤了感情。内心矛盾纠结，难以解脱，无可奈何之下，便写了一篇借马的注意事项：《般涉调·耍孩儿·借马》。希望朋友看后能有所醒悟，不再借马。

如今，这篇大作的全文，就在故居马厩旁矗立，工整有力的文字，是元曲大家关汉卿亲笔抄录原文的仿制，足见其艺术价值的不凡。文中作者把对马的爱惜与难舍之情，写得淋漓尽致，委婉感人，是极值得一读的佳作。现抄录如下。读后，你如果能产生那种文如其人的感觉，也算是对瘦马和瘦马的主人言之不足的最好补充吧。

近来时买得匹蒲梢骑，气命儿般看承爱惜。逐宵上草料数十番，喂饲得膘息胖肥。但有些污秽却早忙刷洗，微有些辛勤便下骑。有那等无知辈，出言要借，对面难推。

懒设设牵下槽，意迟迟背后随，气忿忿懒把鞍来备。我沉吟了半晌语不语，不晓事颓人知不知。他又不是不精细，道不得“他人弓莫挽，他人马休骑”。

不骑啊，西棚下凉处拴。骑时节拣地皮平处骑。将青青嫩草频频的喂。歇时节肚带松松放，怕坐的困尻包儿款款移，勤觑着鞍和辔，牢踏着宝镫，前口儿休提。

饥时节喂些草，渴时节饮些水，着皮肤休使粗毡屈，三山骨休使鞭来打，砖瓦上休教隐着蹄。有口话你明明记：饱时休走，饮时休驰。

抛麦时教干处抛，尿绰时教净处尿，拴时节拣个牢固桩橛上系。路途上休要踏砖块，过水处不要践起泥。这马知人义，似云长赤兔，如翼德乌骓。

有汗时休去檐下拴，渲时节休教浸着颓，软煮料草铡底细。上坡时款把身来耸，下坡时休教走得疾。休道人忒寒碎，休教鞭飐着马眼，休教鞭擦损毛衣。

不借时恶了弟兄，不借时反了面皮。马儿行嘱咐叮咛记：鞍心马户将伊打，刷了去刀莫作疑。则叹的一声长吁气，哀哀怨怨，切切悲悲。

早晨间借与他，日平西盼望你，倚门专等来家内，柔肠寸寸因他断，侧耳频频听你嘶。道一声好去，早两泪双垂。

没道理，没道理；忒下的，忒下的。恰才说的话君专记：一口气不违借与了你。

2011 年 9 月

身未动，心已远

长友兄来电话说，让我为其诗集写个序，打开邮箱，二十五首诗歌，让走过的二十五个景点依次呈现在眼前。我不知道他会写诗，而且写得这样好，着实令我大大地惊讶了一番。

那是2010年仲秋之际，因参加会议，我们共同去了云南，会议期间，免不了做了一番游历。匆匆数日，马上看花，多少情景，早已云里雾里，而回来一忙，半年过去，早已时过境迁，没了多少记忆。而这位老兄却不，他偏偏用充满激情的文字，写了一本诗集，像聚光灯扫射一样，重新照亮了你记忆的轨迹，同时，还添加了诗的韵味、画的色彩、美的旋律，使那段记忆横生光彩，充满了美妙的诗情画意。相信每位同行者读完这部诗集后，都会发出由衷的赞许。

我记起：云南之行，时间不长，却快乐非凡。北方秋风萧瑟，几近冰点，南方却还在大雨滂沱。十数人，踏歌走，冒雨行，进山寨，逛古城，寄情于青山绿水，忘情于淳朴民风，交换着彼此久违的友情。而只有他，在用诗歌记述着这段美好的感情。诗言志，也托情，只有热爱生活又有文学素养的人，才懂得用诗歌去表达自己的心情，并以此去带动别人的感情。热爱生活的人，必然被生活所热爱；用诗歌歌颂生活的人，必然被生活所陶醉。他不仅诗歌写得感人，竹笛也吹得非常动听。一路上，山水间，觥筹交错欢宴时，都回响着他那优美笛声，给同行者、旁听者，都增添了快乐的心情。真的！那旋律优美的程度，真不亚于专业水平，细问才知道，他还真的是有名师指点，受过专门的训练。

如今，他那诗词的韵味和着优美婉转的笛声，在我的大脑里形成了一种独特的、声情并茂的交响乐，陆续重现了云南行的那段宝贵记忆。现在猛然感觉到，那笛声也和他的诗歌一样，都是值得一读的佳作。

《晚宴滇味城》，作者以“滇味习俗助酒兴”的愉悦心情，讴歌了云南少数民族歌舞升平的欢乐景象。《雨中游石林》“细数山头烟雾里”“万耸峰峦雨中奇”，讲述了打着雨伞、披着塑衣游石林而游兴不减的热情。《七彩城云南》，通过“医药翡翠锡银器，精油普洱醉人烟”，渲染了七彩城物流充足的繁荣。至于《石林题壁》“古来豪杰留青史，功比后人与天齐”，《游观音峡》“当年红军桥上过，而今寺庙泉水清”，《题风花雪月》“苍山雪落十九峰，洱海皓月九州明”，《游览大研古镇小街》“门庭处处展特色，纳西人人在经商”，等等，这些诗作，没有修饰和雕琢，是美好环境与快乐心情结合的自然流淌。不仅抒发了对祖国山河的赞美之情，也歌颂了民族团结、经济繁荣、欢乐和谐的幸福生活，读来令人神往。

夜已深，风已静，身未动，心已远。品味普洱香茗，回味佳句意境，也真是一种难得的人间享受！

2010 年 10 月

中国最后一个状元是谁？

我曾在黑龙江省招生考试办公室（考试院前身）工作多年，由于工作性质关系，一度对中国科举考试制度及最后一位状元是谁产生了兴趣。当时网络还不发达，资料匮乏，关注研究状元的人很少，只知道中国最后一位状元名叫刘春霖，河北人，而对其详情便无从知晓了。

二十多年过去，我已退休多年，追寻状元的兴致也已经淡了。然而，却在三亚小区里的闲聊中，认识了一位曾在黑龙江建设兵团虎林农场待了十多年的北京老知青刘桂行。他家祖上从山西移民到沧州献县，后迁往二十里外的肃宁，我家祖上也是山西移民沧州献县，加之又是半个黑龙江老乡，自然使闲聊多了几分亲近。他是北京人，却对沧州人文地理很熟悉，什么清朝要员张之洞是哪儿的人，清朝第一才子纪晓岚、介绍周恩来入党的张申府、抗日英雄马本斋、人民作家王蒙等都是哪个县的人，说起来如数家珍。而我这个来自东北哈尔滨的老乡，却只有听的份儿，也不识那些地名的南北西东。

但是，当听他讲到他的爷爷是中国最后一位状元，他是他的堂孙时，我不免心中一震，真是无巧不成书，二十多年前的追问，如今却遇到一个有问必答的“状元通”。而后，谈论状元的话题，便融汇了我家乡与祖籍的两份乡情，也激起了我对中国最后一位状元新一轮的追寻热情。为此，他送给我一大摞子介绍中国最后一位状元生平事迹的书籍、报刊，有孟东岭著的《琴心侠骨——刘春霖》（2015 年出版）、《清代科举考试速录及有关著作》、《清代状元谱》、《北京晚报（文史版）》登载的《末代状元——刘春霖》，还有《刘春霖书法集》，及为慈禧太后抄录并备受赞赏的《心经》复印件，那清秀圆润流畅的字迹，让我这个不懂书法的人，也感受到了汉字的艺术魅力。同时，对状元刘春霖的别样人生，也有了深刻的了解，深感发于田亩的刘春霖，能登上全国科举考试一甲第一名状元的宝座，是多么的不容易。

更难能可贵的是，状元刘春霖以他特有的人格魅力，开创了不同于历史上其他状元的别样人生，而受到越来越多的关注。《人民日报》《光明日报》《北京晚报》《河北日报》和北京电视台及有关网络媒体，都对状元刘春霖做了报道。刘春霖的事迹之所以感动世人，并受此关注，其原因不在于他是中国最后一个状元，而在于他是第一个主张引进西学、改良科举考试制度的状元；不在于他的名气与地位之高，而在于他在国家危难时刻，面对日伪猖獗，表现出的根植于中华文化血脉中的那种傲骨和高贵的民族气节，与在行动中所彰显出的对中华传统文化强大的吐纳能力和自强不息的创新活力。

今天，面临高考的学子，也要发扬状元刻苦学习的精神，弘扬中华传统文化所蕴含的强烈的民族自信和文化自信，才能面向世界，面向未来，为更好地完成“两个一百年”振兴中华的伟大历史使命，做出更大的贡献。

不畏贫寒，发愤读书

刘春霖（1872—1942），河北沧州肃宁县人，光绪三十年（1904 年）甲辰恩科状元，后被清政府派往东京法政大学深造。1907 年回国后，历任咨政院议员等职，实现了以儒家思想为核心的“学而优则仕”“朝为田舍郎，暮登天子堂”的价值，取得了“天上一轮才捧出，人间万姓仰头看”的辉煌，付出了“善养吾浩然之气”“修身，治国，平天下”和“苦其心志，劳其筋骨，饿其体肤”的努力。头名状元辉煌的背后，经历的是常人难以忍受的艰辛与磨砺。

刘春霖祖上都是农民，十余口之家，耕耘着只有几亩“十年九涝一旱”的薄田，衣食难以为继。刘春霖幼年丧母，家境贫寒，却少有大志。四五岁跟随科举不第的堂兄日夜苦读，饥饿难挨时，去邻居家偷酱块吃，大娘发现后没责怪，还把他领到家里找吃的。对此，刘春霖一生念念不忘，当了状元后，从北京回乡，还带食品布匹看望大娘。稍大些便一边读书，一边下地干活，别人休息，他用树枝在地上练字。功夫不负有心人，刘春霖十几岁就“真草隶篆”都有涉猎，“小秀才”“小书法家”的称号传遍乡里，成了很有名气的“小神童”。

有一年，到了考秀才的时候，因他衣衫褴褛得像个叫花子，被监考以“衣冠不整”拒之门外。转年，又遭一个屡试不第的举人的嫉妒，举人买通县官，编造莫须有的罪名，将他拒之于考场之外。此人还买通地痞寻衅滋事，被同样习武的刘春霖打得落荒而去。贫穷和欺压，并没有击垮刘春霖发愤上进的雄心，他离开肃宁到京城以卖字教书为生，继续刻苦学习，凭才华和实力，考入了全国颇负盛名的保定莲池书院，师从曾国藩弟子吴汝纶，又于清光绪三十年参加科举考试。他的书法得到慈禧太后的好评，他写的策论受到光绪皇帝的称赞，一举高中甲辰恩科一甲头名状元，赐进士及第，授翰林院修撰，时年三十二岁。

然而，在有些记述里，也透露了一些传闻、假说。有的把刘春霖高中状元，说成是因慈禧太后看了刘春霖的名字有春风化雨之意，他又是肃宁县人，应了她渴望肃静安宁的心愿，因此心血来潮，点了刘春霖为头名状元。有的说因为他妈怀孕的时候，常梦见星星挂在院内大槐树上，状元就是天上的文曲星下凡。这些说法，有悖于真实，有损状元刘春霖的形象，对后人也会产生误导。

修府第，不如办学堂

状元之路，漫长而艰辛。从童生、秀才到状元，要经历一二十年的考试，而且层层要有人担保、举荐，而家境如此贫寒、财力如此困窘的刘春霖，能高中状元，在中国历史上也是极罕见的。梅花香自苦寒来，也许正是因为多有磨难，才锻造了刘春霖那种积极进取、不屈不挠的性格。这种精神品质，激励着他自己，也鼓舞着后人。

刘春霖在高中状元之前，就熟读四书五经、唐诗宋词，对《心经》《道德经》等典籍，均能倒背如流。值得庆幸的是，莲池书院还开设了英语、日语和自然科学课，他都取得了优良的成绩。知识结构的优化，留学的视野，中国维新运动的影响，使这位自幼学习传统文化的状元，变成了主张引进西方教育的维新变法倡导者。他认为：“中国由盛到衰有两个原因，一是教育的缺失和落后，另一个是体制的腐朽。国家强盛，必须教育强盛，必须普及学堂建设，广开学路，引进西学。”这种思想的产生，是刘春霖与所受传统旧教育思想的诀别。当时，废科举、兴新学成了一个潮流，在这个浪潮里，直隶走在全国的前列，保定走在直隶的前列，状元走在了保定的前列。状元刘春霖不仅兴办学堂，还亲自担任了北洋大学（创办于 1895 年）的客座教习，主讲国学、西方政治和法律课，成为中国历史上第一位学贯中西的状元。

刘春霖成名，官至四品，留学回国，又被委以重任，在朝野名气越来越大，找他借钱的、办事的、求官的，络绎不绝。求官的，他一律谢绝。家乡来人，尽量接待，能帮的尽量帮。但他有言在先：“我有三不管，买房子不管，买地不管，结婚不管。但是你们读书上学，所有开支我全管。你们要记住我的话。”一位老秀才从他那里回来说：“你们要是为办学的事去求他，他一定会尽力地去帮忙。想当官的，别去找他。”

状元刘春霖对中国教育的落后状况深感忧虑。高中状元，不仅是光宗耀祖的大事，也是宗族与乡亲的莫大荣誉。县乡士绅与族人要集资为他建状元府，他拒绝道：“那就免了吧，修府第不如办学堂。”他常想起穷人读书之难，看到村里满街乱跑的孩子，便和叔叔一道，在村子建了肃宁县第一所小学校。这成为县里兴学的榜样，还受到朝廷的嘉奖。当时对于办学，有钱者惜财，无钱者惜力，刘春霖钱又不多，便靠卖字和开办煤矿增加收入，待经济状况好转，便在肃宁、北京、保定一些地方创办学校。凡是族人中的贫穷子弟，学费一律由刘春霖出资救助。他叔叔刘魁芬因办学操劳过度病故，刘春霖甚为悲痛，便请好友为其撰写碑文，以志铭记。

状元刘春霖荣华富贵后，并没有忘记家乡的养育之情。每遇青黄不接，或天灾水祸，家乡人找他借钱借粮，他都慷慨解囊。他在北京南苑买了二百亩水浇地，给乡亲们无偿耕种。家乡闹粮荒，县长来函求助，说派人到天津买粮缺钱，刘春霖当即捐款一千块银圆。

宁做华丐，不做汉奸

刘春霖这位末代状元，正处在封建王朝坍塌之际。从哪里来，到哪里去，状元的命运与国家的命运，别无选择地交织在了一起。

九一八事变后，日军占领东三省，便扶植清朝废帝做了傀儡皇帝，1934 年 3 月建立了伪满洲国，“国都”设在长春。为了笼络状元为其效劳，伪满政府总理郑孝胥派人拿着溥仪亲笔签署的“诏书”，请状元刘春霖出任伪满洲国教育部长，被婉言拒绝。郑孝胥又亲自出马，来找刘春霖，说：“贤弟，你是老佛爷慈禧皇太后钦点的状元，而今满洲国仍是大清的天下。德康皇帝（溥仪）对你厚爱有加，特派我请你到满洲国任要职。你可不能辜负圣上的厚望!”刘春霖义正词严地回绝道：“如今，君非昔日之君，臣亦非昔日之臣，岂能随汝而毁我之誉!”说着，把郑孝胥带来的礼品退回到他的手里，态度坚决地把他“请”出了屋门。

卢沟桥事变后，日军占领了北京，城内出现了许多经销“东洋货”的商铺。为了扩大影响，有个叫加藤的日本商人，便来请“楷法冠当世”的状元刘春霖，请他为商铺题写匾额，遭到拒绝。加藤以为刘春霖嫌钱少，数日后又登门，带来四根金条，对刘春霖说：“只要你为鄙店题写匾额，我愿以每字一根金条付酬金，刘君意下如何?”刘春霖鄙视地说:“别说是一个字一根金条,就是一个字一座金山,我也不会题写,你还是另请高明吧!”来者被刘春霖的凛然正气所慑,灰溜溜地走了。

日本占领了北京城后,为了加固侵略统治,组建了伪中华民国临时政府,后改成华北政务委员会,由与刘春霖同科进士出身的王揖唐任委员长兼内务府督办。王揖唐自认与刘春霖是同年,又一同留学日本,关系不错,就亲自出马请刘春霖出任北平市长。一天,王揖唐戴着日本军帽,拿着礼品来到刘春霖府邸。宾主坐定,直奔主题,王揖唐说:“仁兄之品德、才华胜弟十倍,望兄能为我维持政务,弟感三生有幸!这北平市长之职,非仁兄莫属呀!”刘春霖知他已经当了汉奸,对他早有防备,还没等他把话说完,刘春霖便腾地从藤椅中站了起来,将一杯茶水泼在地上,痛斥道:“我是绝不会依附外国侵略者的,当汉奸是不会有好下场的。请免开尊口!”把他撵了出去。

恼羞成怒的王揖唐,第二天就派兵抄了刘春霖的家,抄走了全部家具和字画珍宝,还把刘春霖全家赶出家门。对此,刘春霖毫无惧色,愤愤地说:“宁做华丐,不当汉奸!”王揖唐的可耻行径,遭到社会舆论的谴责,在强大压力下,王揖唐方许其家人回家,并发还了抄走的财物。日本投降后,王揖唐被民国法庭判处死刑,得到了应有的下场。

1935 年,黄河泛滥,淹了河北、山东、河南三省河道地区,刘春霖发起组建了“灾民救济会”,还亲自到绥远建立“灾民移民村”,挽救了大批难民的生命。1938 年,为了抗击日军,蒋介石下令炸毁花园口大堤,淹死数十万人,造成了上千万人流离失所,刘春霖深感痛心,为救民于水火,他呼吁社会募捐赈灾。但他看到的是社会的黑暗和腐败,便退隐林下,因忧国忧民而郁郁寡欢，身体状况越来越差。友人劝他找个算卦的看看，他说：“不用看，国有难，家难安，身体如何好得了！”

1942年1月18日，中国最后一个状元刘春霖，因心脏病在北京逝世，终年七十岁。根据他的意愿，陵寝没有落在肃宁县，而是葬于河北保定西郊的卢岗村。墓志铭有“退隐林下，忧国忧民，痛斥贼寇，豪气千钧”之褒奖。葬礼隆重，哀悼者不绝，匾额写道“义士状元”“中华脊梁”。

科举考试制度像一颗流星，消逝在中国历史的漫漫长空。而状元刘春霖，却像一块硕大的陨石，坠落人间，值得后人永远敬重。

2021年10月

高考，人生的重要选择

人生有许多的选择，从小学择校，到择班、择师，都是家长倍加关注的事情。特别是高考填报志愿，选哪个学校，报什么专业，哪个为先，都让师生家长伤透了脑筋；而且时间要求紧，意见又容易不一致，常常使家长、老师、学生备受煎熬。确实，人生有许多岔路口，而关键的就是那么几步，高考填报志愿，就是一个人人生道路选择上的重要一步。填报志愿做出正确选择，对人的成长与成功，有着重要的意义。一般来说，学得好，考得好，当然录取结果也好，这是没有问题的。但事也有例外，有的学习不错，考得也好，只因志愿没有填报好，与理想大学和专业失之交臂。那么，怎样减少这种情况的发生，发生了怎样对待，并很好地加以解决，这是摆在师生家长面前最关键的问题。

填报高考志愿，要把美好愿望与个人实际结合起来

填报志愿，是每个高考学子都要经历的事情。人人都期望报好志愿，使考试成绩和录取结果尽可能做到完美统一。这就要求学子填报志愿时，必须从自己的实际出发，既不盲目乐观，把自己估计过高，也不盲目自卑，踟蹰不前，把志愿报低；更不应该

认为填报志愿与己无关，把它当作家长、老师的事，从而放弃自我设计的责任。有的甚至把填报高考志愿复杂化、神秘化，以为非“专家”不可，不惜花高价请所谓专家代劳，把自己理想的设计规划、命运走向，交给“算命先生”，这既是对自己不负责任，也失去了思考人生、把握命运的学习、实践、锻炼的机会，造成人生方向选择的犹豫彷徨，为大学期间的专业学习埋下不稳定的因子。

其实，填报高考志愿，本该是高中毕业生一项必须由自己完成的重要的学习实践，是高中学习重要的任务之一。但遗憾的是，这项高考填报志愿的工作，却绝大多数都是由家长、老师代劳完成的。有的学生认为，学生只管学习，填报志愿是家长、老师的事，与己无关。而家长、老师填报志愿时，还存在着一个普遍的现象：填报志愿只看热门的，只选就业好的、收入高的、能留在大城市的，总之，只想着自我的利弊，把环境好、挣钱多作为选专业选学校的依据。在这种风气的影响下，在这种错误想法的驱使下，必然产生一种弊端：专业选择逐渐趋利化。条条通罗马的广阔大道被堵得严严实实，体现在人生精神世界的追求上，就只剩下了趋利，这对全面贯彻教育方针，培养社会主义建设的有用之才，是一个内在的严重伤害。

笔者认为，任何专业都有其专业优势，专业就是专门的本事，本事没有优劣好坏之分。无论读什么专业，只要努力学好，能够掌握并发挥其专业功能，都能转化为学子的能力和本事，只有有本事，才能有用，才能拥有有价值的人生。如果只把填报志愿当作逐利的通道，却脱离社会进步需求，就会偏离正确的方向。这种思想不纠正，即使到了“好”大学，报了“好”专业，也会不稳定，这山望着那山高，学习不刻苦，还满腹牢骚，学习干劲越来越小，抱怨越来越多。过分的逐利思想会影响大学的学业，也影响思想与社会需求的结合，结果是，好专业也没有学好，失败就会落在他们身上。

其实大学专业设置，经过几十年的改革，已经基本形成了一套符合中国社会建设需要的课程体系。而那些抱怨专业不好的人，并非因专业不好，而是没有把专业知识学深学透学好，看不见专业与社会生产生活相结合所产生的巨大作用，只考虑专业能否给自己带来各种实际的好处，即使他进入了一个“好”学校和“好”专业，也会认为它不好，而对前途丧失上进的信心。对此，有人曾说过这样一句话：“你是进入了所谓不好的专业，但是你在所学专业的成绩里，你考过第一吗?”现有的专业，都是根据需要设立的，只要能学好，都是有用的，应该说，有用的就是好的。因趋利思想没得到满足，而说专业不好，并非专业本身有什么不好，而是人生专业思想教育的考试没有考好。高考不仅要填报一份高考的志愿，还要填写一份怎样满足国家需要、怎样才能为国家做出更大贡献的志愿。

填报志愿，必须把握确定因素

高考填报志愿的方式方法的改革，是我国高等教育选拔培养人才的必要且重要的环节。目前，高考方针政策以及考试方法、内容、形式都在不断地进行改革，因此，必然会出现一些新的不确定因素，这些不确定因素，正是造成志愿填报误差的原因。

譬如，我国高等教育考试制度，考试科目的选择与组合，就不断地在根据国家建设的需要在改变。1977 年恢复高考，第一年并没有英语，后改为考九科，后改为二加 X。现今实行的是按平行志愿录取的方针，这减轻了填报志愿的负担，确保了公正公平，也使高考志愿的填报变得更容易把握。根据提前公布的考试成绩，学子可清楚地在个人分数与高校录取分数允许的条件下，找到相对应的学校和专业，所以，填报高考志愿的学子，必须坚决地依靠自己，不要依赖别人或花钱雇“枪手”填报志愿了。填报好志愿，并不比做一道数学题、写一篇作文更难。它难，不难在填报志愿上，而是难在那种自己不愿填报志愿的错误观念上。

应该看到，高校实行按平行志愿录取的方法，极大地保住了高考阳光广场的实施，受到社会广泛的欢迎，有效地克服了学子填报志愿的“朦胧性”，也明晰了大学招生人数数据变化的“波动性”。

高考按平行志愿招生录取的方法，改变了高校招生人数与录取人数之间过大的比例关系，使得填报志愿的准确性和有效率得到了较大程度的提高。

至于高考填报志愿的不确定性和模糊性也是有的，但即使出现一些误差，也是很小的，不足为怪。

因此，填报志愿不要搞得自我紧张，而是要认真学习研究教育部有关报志愿的政策规定，联系实际对号入座，就能找准位置。人世间的事不是每件事都能说得明明白白、清清楚楚的，“淋漓襟袖尚模糊”也是正常的，世界由此才变得丰富而更有意思。如果真的想找个权威的话，我可以告诉你，那就是班主任老师、家长和你自己，而且主要是你自己。

那么，填报平行志愿，应该掌握哪些原则，注意哪些经验教训呢？

第一，学习文件，吃透精神。认真阅读教育部新公布的年度招生政策、计划和方针、方法、步骤。熟悉全国在你省招生的

“大数据”，联系自己的实际，分析录取趋势，比较录取空间，早做规划，早做打算，然后再做出填报志愿的判断。应该看到，填报高考志愿，并不比写一篇高考作文、解一道数理化题更难。

填报高考志愿，无论考得好与坏，都要实事求是。不要因虚荣过于冒险往高里报，也不要留余地过大，把志愿报低了。过与不及，都是报考志愿的失误，差之毫厘，会失之千里。

考生填报志愿，必须与理想兴趣结合。既要选择学校，更要注重专业。选专业要与理想兴趣很好地结合起来，一辈子做自己喜欢做的事情，无疑是人生的一大乐事。

在把握以上几点后，就可以准备填写志愿表。需要提醒广大考生和家长的是，志愿必须认真填报，学校和专业“服从”栏目尽可能填满，争取更多录取的机会；如“不服从”也要明确表态。在志愿填报吃不准时，要留有余地，小心求证，大胆决策，一旦决策，也不后悔。我相信，高中毕业生是有能力做好这件事的，这也是一次考试。

填报志愿，要学习、理解、利用好教育部规定的各项政策。特别是国家重点高校招生政策，要注意高等院校包括高职学校年度补录的通知，和相应的高分保护的政策及特长生政策。补录，也有不少好的学校和好专业可供选择，考生一定要注意教育部及相关省市的各项补充规定和信息，把握机会，不要轻言放弃。

填报志愿，要有长远眼光

许多考生在选择专业的时候，把就业分配的冷热、经济待遇的高低、学校位置的远近好坏，作为主要的选择依据。这虽然是无可厚非的，但在专业选择方面切不可急功近利，因为国家发展，对人才有着广泛的深度的要求。我们国家正在全面奔小康，其发展速度快，变化也快，新产业、新技术、新需求层出不穷，都需要有更多全面发展的有为之才为之服务，因此专业选择一定要眼光长远，绝不可以陷入逐利，只为追求舒服享乐的狭隘幸福。学子要树雄心，立大志，敢于做那些国家急需的，没有人愿意去做的，却具有开拓性意义的工作。实践表明，只要努力上进，具有真才实学，能够愉快地适应社会需求，任何专业都有你的用武之地，都能让你大有作为地发挥自己的才干，那是绝对冷不着的。

专业需求冷热的变化，社会需求不平衡，都是正常现象。填报高考志愿，千万不要被表面的冷与热所蒙蔽，这种冷与热，也会随着社会需求而发生变化。当年不被看好的基础专业，如农林、地质、冶金等专业，如今不仅不冷，反而还挺热。想当年，延安抗大、西南联大所设的多是基础专业，其中走出了杨振宁、李政道、丁肇中三位诺贝尔奖获得者，一百七十多位两院院士，他们的人生前途，并没有因为学校与专业条件差而受到影响。因此，高考填报志愿，一定要把个人志愿的选择，与国家发展需要紧密结合，国家发展壮大，个人也能海阔天空，大展宏图。

另外，我们要重视高等高职技术教育招生工作的发展。高职院校录取考生占高等教育人数的半壁江山。全国各省都有一批高水平的高等职业技术学院和一批高水平的好专业。高职教育涉及广阔的生产建设领域，毕业生将大有作为，就业形势也大有前途。

最后，我们提醒广大考生及其家长，在选择专业的时候，一定要把思想放开些，条条大路通罗马，但最重要的一条，就是要把个人志愿与国家发展需要相结合，才能使所学所报专业，发挥出更大的效力。

世界上没有没用的专业，每个专业都有深奥的学问，都需要学子去学习、继承、发展、壮大。专业不分大小，有状元就好！学农学的，能有袁隆平这样的伟大人物，学野生动物的，有马国璋这样的院士，有谁能说这样的专业不好。

愿天下学子放下偏见，发愤学习，力争做个学有专长、品学兼优的好学生，为中国特色社会主义建设做出更大的贡献！

2020 年 1 月

写在《待到山花烂漫时》前面的话

这本长达三百六十页的《待到山花烂漫时》，是《学子》杂志社的编辑们，经一年多的搜集、整理、筛选，才得以完成的。封面题词、抽象画作，都是出自中国鲁迅文学奖获得者、作家、诗人、书法家徐刚之手。

该书不仅形式美，内容也很充实丰富，有较高的质量。它是《学子》成长的园田，经十三年辛勤耕耘，由“花褪残红”的青涩，走向山花烂漫、硕果累累的收获的成熟。该书 2015 年 10 月第一版印刷两次，中间广泛采纳了师生家长的建议，删除了冗繁的篇目，增加了新鲜的内容，于 2018 年 12 月再版印刷，使该书更具活力，更具时代感，更具构思水平，也更加受到读者的欢迎。正如该书尾页上写的：“知识不过时，好文章是不朽的。这是一本富有激情，含金量极高，值得拥有，且会不负众望的好书。它定能经得起时间的考验，对学子写作水平的提高，会起到意想不到的作用。”

《待到山花烂漫时》之所以获此好评，除了编者的努力，还因它始终与读者心心相印。书里所有的栏目与文字，记载了共同做过的事、走过的路、吃过的苦、付出的爱、寄托的情。它清楚地表明，《学子》已把自己的根，深扎在黑龙江教育的土地上。

它从师生家长中吸取营养，在时代的发展中光合能量，从而使自己更加茁壮成长。没有办刊经验，没有广告，不懂组稿排版发行，不懂成本核算，纸价印费上涨，都不是却步的理由，也不是提价的借口。坚守“服务师生，不以营利为目的”的宗旨，是我们不舍的追求；咬定青山不放松，遇到困难不动摇，初生牛犊不怕虎，脚踏实地向前走，是《学子》不变的作风。困难挡不住长势，反而成了它茁壮生长的肥料。

《待到山花烂漫时》是耕耘的收获。它是一个百花盛开的园地。它所刊载的文章，是从四千多篇文章、一千多万字的文海中优中选优地选拔出来的，具有较高的质量。而且这些文章，篇篇真名实姓，人人付给稿酬，尊重知识，尊重劳动，不计盈亏，从不违约。

令人欣慰的是，在北京考试院召开的由二十八省市参加的“中国高校宣传媒体第十八次年会”上，《学子》杂志社推荐的十二篇文章，有十一篇被大会评为好新闻二、三等奖，其中我写的《话说羡慕嫉妒恨》，获言论组一等奖。

尤为值得称道的是，这些好文章，字字都是出自学生、老师、家长和教育工作者之手，他们既是作者，也是读者，更是杂志名副其实的“总编辑”。由此杂志能根深叶茂，思想深厚，拿在手上总是沉甸甸的，既有浓厚的学习生活气息，又充满时代的生机活力，随时读来，总是有那种激动人心的力量，让人心潮澎湃，激情满怀，壮心不已。

“高考满分作文”，能在时间那样短的考场上，扣题准确，构思文字俱佳，连标点符号都没有任何差错的满分作文，实在是难能可贵。莘莘学子里真是人才济济，每读他们的文章，总让我激动万分。我常想，一个十几岁的孩子，能写出那样思想深刻、构思独到、文笔生动流畅的文字，真乃教育之幸事、国家之幸事、民族之幸事。从他们身上，我看到了国家的未来，也相信他们将来必定大有前途、大有希望。

家长写的好文章，更是令人别有一番滋味在心头。那些心甘情愿为孩子付出的辛劳，把酸甜苦辣咸寄托于对学子的爱中，父母与孩子间的理解与不理解，甚至误解，都成了感人的故事。读着这些饱含深情的文字，我常常不由自主地潸然泪下。

老师写的好文章，总是能把人带入精品课堂中去，传授知识，讲述人生，探究科学，追求真理，循循善诱与殷殷期待都跃然纸上，更激起我对师道神圣的崇敬。

学子征文，仅 2014 年收到的稿件就达三千二百多篇，获一等奖的仅一篇，其优秀程度可想而知。而以往诸多获一等奖的好文章，都曾被中学、大学当作范文讲评。即使是今天重读这些文章，还是能感到心里热乎乎的。

《待到山花烂漫时》还是一个存储器，它记录了我们走过的路、交过的友、付出的辛苦和爱，也记载了我们收获的喜悦和快乐。十多年过去了，学子们逐渐长大，有的人已经走上了工作岗位，如若再过二十年三十年，当学子成为国家栋梁之材的时候，必将是个硕果累累、忙碌收获的大好时刻。到那时，我们有太多的理由，去庆贺，去举杯，去抒发那“没有因虚度年华而悔恨”的豪情。是金子总要发光的，那些经师生家长辛勤劳作，从“沙中浪底”点点滴滴采集来的沙金，具有极高的含金量，对学子写作水平的提高，必将起到极大的补益作用。

我们的努力，取得了丰硕的成果，展现出美好的前景。这努力是崭新的开始，只拉开了王屋山的一角，未来展现的，必将会是更加美好的情景。我们将继续努力，既要做瞭望者，又要做耕耘者，还要做守望者，为培养具有中国特色的社会主义建设人才而努力争渡，这是她永远不变的航向。

《待到山花烂漫时》，将伴着斗转星移，带着墨香，带着希望，带着正能量，与学子共同成长，必将在中国的大地上，盛开出更加烂漫的花朵，结出更加丰硕的果实！

而这对那些为此付出爱与辛劳的人来说，将会是一种巨大的幸福和满足。

“待到山花烂漫时，她在丛中笑！”

2018 年 5 月 21 日

质疑的思考

故事，总是大于名言。大唐时候，就有这样的一个故事，思想深沉而热烈，像火柴一样点燃了我对质疑的思考。

白居易初任杭州刺史，慕名拜访鸟巢禅师，蓄意问曰："佛法的大意是什么？"鸟巢禅师回曰："诸恶莫做，诸善奉行。"白居易听后，不屑地说："这个连三岁小孩也说得出。"禅师回道："三岁小孩虽说得出，八十老翁未必能做得到。"白居易听后顿服，当即"作礼而退"。

禅师与白居易在质疑同一问题，所表现出的不同态度，即是从实际出发还是从观念出发这一哲学认识论、实践论的基本问题，在知行关系问题上的碰撞。

禅师的质疑从实际出发，把能否"做得到"作为质疑评判的依据，突出了知行结合重在实践的思想观念，具有唯物的合理性。由此，他感知了说做不一的危害，突出了只有知行合一方能成大道的古老哲学命题，进而也有力回应了白居易的不屑。

白居易的质疑刚好相反，他从观念出发，把能否"说得出"作为质疑评判的标准，强调知而忽略行，分裂了知行关系的整体性原则，为知行关系的发展埋下了错误的伏笔。但白居易也很了不起，他不端官架子，一旦认识错误，便及时"作礼而退"，知错就改，表现出谦虚务实的良好风范和品格。这，尤为值得后人学习借鉴。

但遗憾的是，在现今的学子中，仍有人在说做不一的道路上行进，对禅师质疑的问题，既不认知，也不警觉，更不要说能“作礼而退”了。这种求知态度，与禅师相比，少了一点睿智，与白居易相较，缺了一些知错就改的勇气，而多的却是无知和固执。

不同的态度，能使同一质疑，发生不同的走向。历史还没有来得及统计，究竟有多少人，由于质疑的态度出了错，而被质疑所淘汰；也无法计算出今后还会有多少人，因质疑的态度问题，而重蹈覆辙。但有一点却是肯定的，那就是，态度决定成败，或说到做到，创造辉煌，或说做不一，重演八十老翁没做到的悲剧。

古人曾告诫曰：“宁可疑而错，不可信而错。”这是多么深邃的思考。在知行关系的问题上，态度有时只是一念之差，差之毫厘，却失之千里。但质疑无论对错，都是一种进取的力量。没有质疑，就没有比较选择，就发现不了问题；没有问题，解决问题就成了一句空话。也许古人没意识到这一点，但他们已经做到了这一点，并且做得很好。

质疑的思考，思想的碰撞，既切中当时的时弊，又对今日学子颇具教益。今日之学子应运用唯物辩证法，克服学习中说做不一、学用不一、知行不一的“三不一”问题，正确处理知行关系问题，使学习达到“知行合一，止于至善”的境地。

2018 年 3 月

质疑的力量

质疑的力量鲜为人知，也不令人震撼，但它却是撬开学习问题的杠杆，是把握知行关系走向的方向盘，是激活知识，把未知变已知、已知变应用的对撞机，是推进新知识、新思想、新方法产生的加速器，是培养创新精神的批判性思维。质疑是个无名英雄。它从没被编入教材，但却是必修的知识内容，是学子搞好学习、创造有为人生的一门大学问。

但遗憾的是，质疑这门大学问，却没有受到应有的重视。在有的学子那里，知识备受尊崇，而质疑却遭受冷落。这是极不公平的，也是极为有害的。

古人对质疑有着不凡的认知。"温故而知新"，重温先人的经验教训，对今日学子增强质疑意识，提高质疑能力，有着重要的启示意义。主要思想有：

一、质疑在知行关系问题的探索上，起到了先知先觉的作用。早在两千五百年前的春秋时期，中国先哲们就已经围绕知行关系的内容和排序问题，展开了广泛的质疑和辩论。各种质疑思想竞相争鸣，百花齐放，成为正确认识今日知行关系问题的一面镜子，它的思想亮度，仍有着很大的警示作用。

1. 重行轻知的思想。以孔子的"行有余力，则以学文"，墨子的“士虽有学，而行为本焉”为代表。

2. 重知轻行的思想。以老子的“不行而知”“不出户，知天下”为代表。

3. 知行难辩的思想。以庄子的“辩无胜”“齐是非”为代表，认为辩论没胜负、没是非、没有结果，谁也说服不了谁。

4. 知行相关的思想。以荀子的“不闻不若闻之，闻之不若见之，见之不若知之，知之不若行之”为代表。它把知行各要素、内容与条件全面地关联起来，创造了先秦质疑哲学的最高认知水平。

二、质疑在学习思考上，起到巨大的启迪作用，受到历代先贤的重视和推崇。

孔子高度评价质疑，认为疑是“思之始，学之端”，是学习思考向前迈出的第一步。孟子则认为“博学之，审问之，慎思之，明辨之，笃行之”是处理知行关系问题必备的要素组合。

宋代学者张载针对学习问题，提出：“可疑而不疑者不曾学，学则须疑。”强调没有疑问的学习，就不会有收获。

明代学者陈献章在所著《论学书》中，感慨道：“前辈学贵有疑，小疑则小进，大疑则大进。疑者，觉悟之机也，一番觉悟，一番长进。”有惑即有疑，有疑便产生了“心求通而未得之意”“口欲言而未能之貌”的诉求。正可谓“学起于思，思源于疑”“善学则疑”，疑者，觉悟之机也，进步之始也。

朱熹对弟子的训诫，也是讲质疑的重要：“读书无疑者，须教有疑，有疑者却要无疑，到这里方是上进。”这种质疑教育的思想，是中国教书育人的特色，在大学课堂上，老师也常讲质疑的重要性，如今，方深刻领会其中的深意。

三、质疑在哲学思想和科学进步上，起到了“接生婆”的作用。西方先哲亚里士多德认为“思维从疑问和惊奇开始”，苏格拉底认为“问题是接生婆，它能帮助新思想的诞生”，巴尔扎克认为“打开一切科学的钥匙毫无异议是问号”，狄德罗认为“质疑是迈向哲理的第一步”，爱因斯坦认为“提出问题比解决问题更重要”。这些思想观点，都对质疑的力量给予了高度评价。可见，近现代以来，西方哲学思想乃至科技的进步，都与质疑思想的发展，有着密不可分的关系。

罗素说：“当有人提出一个普遍性的问题时，哲学就产生了，科学也是如此。”

质疑的意义，也正在于此。

2018 年 4 月

质疑的哲学

《汉语大词典》对“质疑”的解释是：“谓心有所疑，提出以求得解答。”可见，质疑的根本目的，并不在于提出，而在于解答，但如何提出和怎样解答，则是属于哲学范畴的问题了。

质疑是人的天性。质疑的哲学，是一种在质疑中不断谋求释疑的哲学，是一种不断进取的哲学，是一种挑战问题的哲学，是一种在批判性思维中不断创新的哲学，当然，也是一种奋斗的哲学和成功的哲学。

知行合一，是质疑哲学的伟大进步

质疑的哲学，与知行关系问题相伴而生，有着同样悠久的历史。早在两千多年前的春秋时期，中国就有了“哲”即哲学、“哲人”即哲学家的记载，“孔门十哲”“古圣先哲”等称谓，与西方“哲学家”的名号并驾齐驱。中国古代并不缺少哲学和哲学家，“百花齐放，百家争鸣”，就是“哲人”们探讨知行关系问题的一场哲学大辩论。先哲们的质疑智慧，促进了质疑哲学的发展；质疑哲学的发展，又对质疑水平的提高、知行关系的处理，产生了巨大的推动作用。

明代的王阳明就是这样一位了不起的哲学家、思想家。他在其所著《传习录》中，针对知行不一的问题及其危害，最早提出了“知行合一，止于至善”的哲学构想，这在哲学认识论的发展史上，是个伟大的进步。

他指出：“知是行的主意，行是知的功夫；知是行之始，行是知之成。”并针对“今人将知行分作两件去做，以为必先知了，然后能行。故遂终身不行，亦遂终身不知”的做法，揭示了知行不可独存的道理，及知行分离的危害。并指出，破坏知行关系，偷走知或行，造成知行不一的那个贼，不在别处，就藏匿在“今人”的“心中”。还提出了“破山中贼易，破心中贼难”的“破贼说”，指明了克服知行不一的外在问题，必须从质疑内心、战胜自我做起。这些哲学思想，即使是今天读来，仍有着极大的现实指导意义，尤值得“今人”好好品味学习。

然而，历史总是有缺憾的。王阳明提出了知行合一的破贼说，却没能拿出破贼的良策。因为王阳明阐释的知行观和质疑观，都是建立在奉行佛法大义“善”的基础上的，而这“善”只是一种主观愿望，它与人世间追求的善，没有必然的知行关系。因此，说得出却做不到，是当时条件下，质疑哲学的必然结局。

毛泽东的知行合一，是质疑哲学的伟大创举

时光来到了近现代。马克思主义哲学唯物辩证法的应用，为质疑哲学提供了科学的理论依据，从而使质疑哲学在理论上彻底摆脱了宗教哲学、唯心主义哲学、朴素辩证法哲学、形而上学的牵绊。

毛泽东运用辩证法，正确解决了知行关系问题，创造了无比

辉煌的成就。在抗日战争时期，中华民族处于生死存亡、前途未卜的危难之际，毛泽东并没有就战争谈论战争，而是通过学习哲学，统一思想，战胜了强大的敌人。他于 1937 年先后撰写的《矛盾论》《实践论》《论持久战》等哲学名著，就是要解决马克思主义的“知”，与中国具体实际相结合“行”的知行合一的问题。他在《实践论》开篇的第一句话，讲的就是“论认识和实践的关系——知和行的关系”，从辩证法的知行观、质疑观出发，批驳了失败论、悲观论、速胜论的论调，提出了坚持“持久战”“中国必胜”的论断。历史的进程，完全验证了这一预言的正确。毛泽东是运用辩证法的伟大预言家，是化知行不一的腐朽为知行合一的神奇的实践家。毛泽东创造性地发展了马克思主义哲学，使辩证法的质疑，发挥出了改天换地的巨大威力，战胜了日寇的侵略，打败了国民党反动派的进攻，创建了新中国，建立了不朽的功勋。可以说，中国革命的胜利，就是毛泽东哲学思想的胜利。

辩证法的对立统一法则，是对事物运动规律的揭示，也是放之四海而皆准的普遍真理，是解决知行不一问题的放大镜，追求知行合一的望远镜。世界上取得的所有成就，都是知行合一的产物，都是知行合一结出的硕果。

对学子来说，辩证法是知识，是方法，也是法则，是打开知行关系问题大门的金钥匙。辩证法作为哲学教育的必修课，已经走进了中学生的课堂。这是一门具有战略意义的课程，它为文化课知识加上思想，为知行合一插上腾飞的翅膀，让大批学子成为共和国建设的栋梁之材。但有的人也学习了辩证法，不但没取得成就，反而成了说得出却做不到即说做不一的俘虏和牺牲品。

说做不一，看似小事，却对思辨法则产生巨大破坏。因为，说做不一从不单独存在，它总是与理论上的学用不一、哲学上的知行不一，紧密地联系在一起。这“三不一”，对辩证法的知行观、质疑观的确立，对知行关系问题的处理，都会产生极大的危害。主要表现为：

它是个淡化质疑意识、瓦解质疑精神、破坏质疑哲学的古今通病。它让学子在知行关系问题面前，常处在病在眼前看不见，“疾在腠理，不治将恐深”的亚健康状态。如任其发展，就会走向“三岁小孩说得出，八十老翁做不到”的悲剧命运。

它是个靠自欺欺人过活的骗子，常使学子把“说得出”当作辩证法的全部，却陷入“做不到”的泥坑而不能自拔。它在貌似合理的欺骗性中，暗藏着不易觉察的隐蔽性、情况多变的复杂性，因而也就具有更大的危害性。

它是个分裂知行关系的砍刀。它把辩证法知识的完整美、对立统一法则的协调美，从中分裂开来，从而导致说做分家、学用脱离、知行相悖。

它是个偷走辩证法“行”的贼，由此辩证法的“知”就变成了挂在嘴边空洞而无用的口号，静止在试卷里冰冷而无用的分数，僵死在教材里正确而无用的条文。在没有质疑、没有哲学也没有践行的世界里，在夸夸其谈的炫耀中，必将显示出一个身影：“语言上的巨人，行动上的矮子。”

总之，辩证法的质疑哲学，在使用上也有正确与错误之分。正确使用必将创造出知行合一的奇迹，而“三不一”错误的“芯片”，一旦植入了学子的思想中，辩证法的法则就会被形而上学的片面教条、孤立僵化所瓦解、所取代，从而使辩证法走向自己的悖论，使辩证法教育违背原有的初衷，使学子在知行合一的征途上，被知行不一所淘汰。

应用质疑哲学，必须坚持理论联系实际的原则

问题无限，认知有限。学子正置身于一个全新的伟大时代，多少事，从来急，要在坚持辩证法质疑的选择中，不断克服知行不一，以期达到“知行合一，止于至善”的境地，不仅要弄清书本知识，还必须联系实际，厘清运用质疑哲学的几个理论关系问题。

一、要弄清辩证法与形而上学的关系。

这是抓住知行关系问题的本质，准确定位质疑目标，正确解决知行关系问题的关键。对此，毛泽东在《矛盾论》中指出：在人类的认识史中，从来就有关于宇宙发展法则的两种见解，一种是形而上学的见解，一种是辩证法的见解，形成了互相对立的两种宇宙观。形而上学属于唯心论的宇宙观，长期以来禁锢着人们的思想，是唯物辩证法的天敌。辩证法的质疑哲学，正是在同形而上学的斗争中发展起来的。禅师与白居易质疑哲学的碰撞，只是这种哲学对立斗争泛起的浪花。这种对立的斗争永远不会停止，也不会妥协和休战。恰如《红楼梦》中王熙凤所说：“不是东风压倒西风，就是西风压倒东风。”形而上学魔高一尺，辩证法就要道高一丈，这是辩证法的质疑哲学存在与发展的必然选择，也是学子自觉战胜形而上学的哲学理论支撑。

二、要认清辩证法和质疑应用的关系。

辩证法是质疑哲学盛开的花朵，质疑精神焕发出的灵光。书本上的辩证法是知识，只有应用中的辩证法，才能开出质疑的花朵，发挥思想武器的作用。辩证法在质疑中诞生，也只有在质疑应用中，才能激发出内在的活力。用，是辩证法活的灵魂；不

用，辩证法就会成为形而上学的附庸。可见，辩证法与形而上学之间，并没有一条不可逾越的鸿沟，二者是在互相联系中互为转化对象的。至于最终走上哪条路，完全取决于践行者对辩证法质疑哲学运用的态度，或是将辩证法用于实践，或将其束之高阁。两种态度，导致两种不同的结果。

苏格拉底曾说："要把哲学从天上请回人间。"难道天上真有哲学吗？非也。苏格拉底的意思是要把哲学从一味地研究外在世界，转变为实现自我内心的"心灵的转向"。这与王阳明"破心中贼"的说法，是同一个道理。但可悲的是，现今某些学子，他们既是"三不一"的受害者，也是它的制造者、践行者，还是传播的第一责任人。而麻烦的是，至今这些第一责任人，还不晓得危害来自自己的心里，这是所有危害中最大的危害。

"人啊！认识你自己！"这是古希腊神庙大门石柱上雕刻的几个大字，现写在这里，送给那些知行不一而不自省的人。

三、要弄清法则与方法的关系。

有的学子明知说做不一不对，纠正起来却很难，原因就是因为犯了就方法论方法而缺少法则的错误。马克思主义哲学认为："对立统一的法则，是唯物辩证法的最根本的法则。"它是纠正和克服形而上学的克星和天敌。放弃了辩证法的质疑法则，就等于向唯心主义形而上学投降。

著名哲学家拉尔夫说："世间方法可能有千千万万，但法则却少之又少。抓住法则的人，能够成功地挑选出适合自己的方法，但一味尝试方法却忽略法则的人，必将陷于麻烦之中。"辩证法对立统一规律，就是这样一个适合每个学子的法则。而能否抓住这个法则，关键要看你是否受到了辩证法的喜欢。

辩证法的目标，是追求真理，因此，它有它的脾气和秉性。

它不怕任何困难，勇往直前，决不后退和调和。它不喜欢没有质疑精神的懦夫，也不喜欢头脑简单僵化的庸人，更看不起“三不一”那说一套做一套的“两面派”作风。它慧眼通识，法力无边，绝不为不思进取的人服务；它立足实地，格调高远，绝不屈膝为懒汉效力。它亲近富有批判性思维的质疑者，钦佩把辩证法化作智慧的开拓者，崇拜那些甘愿为辩证法立言、立身、立行的践行者。

我们深信，只要学子抓住了辩证法的法则，它就会帮你在知行关系的搏击中，浪遏飞舟，成长为一个不断创造知行合一奇迹的风流人物。

2018 年 11 月

学风建设谈

知识就是力量，这是大家都懂得的道理，但要说学风建设能产生比知识更大的力量，有人就不那么了解了。这是学风建设的误区，也是人才培养的误区。实践表明，对人生起决定性作用的，往往不是知识的数量，而是学风建设的质量。当前，只有从误区中走出来，才能搞好学风建设，使广大学子在人生旅途的征程上，飞得更高、更快、更远。

什么是学风

学风，教材没写，课堂不讲，看不见摸不着，却对学习进步、人生发展起着重要的作用。对此，相关领导和专家们也都给予了高度评价，认为学风建设是办学的灵魂，是学校工作的永恒主题，是教育之本、学习之本、成才之本、立身之本、治国之本。简言之，谁把握了学风的真谛，尊重学风，建设学风，学风就会回报你一种精神、一种力量、一种境界、一种有创意的人生。

学子是祖国的未来，民族的希望。当今的任务，不仅是要搞好知识建设，重要的还在于要搞好学风建设，这是一项既关系个人发展后劲，也关系到国家发展后劲的重大建设。为此，教育部2006年就成立了“学风建设委员会”，并提出了明确的要求。这项工作不仅得到了高等院校的重视，也得到了中学师生的重视。中学是大学的上游，只有上游学风建设搞好了，才能为下游大学的学风建设打下良好的基础，并对大学良好的学风建设，对未来党风、政风、民风及社会风气的建设，产生积极而深远的影响。

学风是什么，竟有如此大的影响力？《新华字典》里解释为“学校的、学术界的或一般学习方面的风气”，在日常生活中，人们还习惯把对待学习的态度说成是学风。殊不知这“风气”和“态度”只是学风的外在属性，学风还包括一种更为深刻的东西，即思想方法方面的内在属性。早在延安整风时期，毛泽东就在《整顿党的作风》一文中指出：“所谓学风，不但是学校的学风，而且是全党的学风。学风问题是领导机关、全体干部、全体党员的思想方法问题，是我们党如何对待马克思列宁主义的态度问题，是全党同志的工作态度问题。”又指出：“学风和文风也都是党的作风，都是党风。”深入学习毛泽东关于学风建设的理论，提高学风重要性的认识，对全面贯彻党的教育方针，培养全面发展人才，仍然有着极为重要的现实指导意义。

从理论层面上看，文章第一次对学风做了本质性的概括，把学风建设提到思想方法的高度。毛泽东所指的思想方法，就是实事求是，理论联系实际，一切从实际出发，具体问题具体分析。这是被实践反复证明唯一正确的辩证唯物主义世界观和方法论的体现，是正确学风诞生的理论基础，是良好精神状态与品行产生的原因，是真正可堪大用的人生法宝。理论来自于实践，又反作用于实践，才能具有无限的生命力。

从教育层面上看，文章第一次把学风建设问题，上升到“如何对待马克思列宁主义的态度”的高度，表明马列主义的学风不会自己形成，要靠坚持马列主义的学风教育。特别是在建设具有中国特色社会主义的今天，更要解决好在新的历史条件下，怎样培养人、培养怎样的人，及学子怎样做人、做怎样的人，为什么学、怎样学，这样一些学风建设的重大课题。学风问题，即是对人的思想方法教育问题，对人世界观方法论的塑造问题。

从实践层面上看，文章第一次把学风建设提到“工作态度”的高度，道出了一个颠扑不破的真理：“马列主义是干出来的，不干半点马列主义都没有。”搞好学风建设也不例外，同样是干出来的。干，就是在行动中坚持马克思主义的思想方法，把毛泽东关于学风的理论与实际相结合，把学风建设的理论转变为良好学风践行的大问题。

毛泽东所强调的学风，是把党性原则和教育方针统一，把人才培养和社会发展需要相结合的学风，这是搞好学风建设的法宝，坚持这样的学风建设，就能焕发出巨大的精神力量。当年的延安抗日军政大学，便是在极端艰难的条件下，培养出大批治党、治国、治军的优秀人才，为共和国的诞生和建设，立下了不朽的功勋。再如西南联大，顶着日寇的轰炸，克服在云南乡下办学的困难，凭借良好的学风，学生们发奋读书，立志报国，为共和国建设发展培养了大批英才。据统计，有三名学生获得诺贝尔奖，有一百七十多名学生成为共和国的科学院和工程院院士。

今天，国家是强大了，学习条件是好了，可那种为国家、民族繁荣富强而发愤学习的良好学风却缺失了，这是个必须引起高度重视的问题。传统良好的学风不仅不应该丢弃，而且更应该发扬光大，并使之绽放出更加夺目的光彩！

学风建设的误区

当前，对学风建设重视不足，是普遍存在的现象。譬如，在一些地方，把高考视为硬道理，分数视为命根子，以为学风建设用处不大者，有之；认为学风建设与己无关，是学校和老师的事者，有之；用陈旧落后的观念，去加强学风建设者，有之；认为以往没刻意搞学风建设，也培养出不少人才者，有之。可见，轻视、漠视、忽视学风建设的误区有多么严重。然而，要改变这些认识上的滞后性对学风建设先行性的制约与束缚，仅看事物的表面现象，就事论事是不行的，而是必须要从产生问题的根源上着手解决问题，才能走出误区，搞好学风建设。主要有以下几点：

一、必须站在时代的高度，才能建设时代所需的良好学风。今天，中华民族正处在一个伟大的时代，建设着中华民族从来没有过的辉煌伟业。为了更好地完成这一使命，党的十七大决定把教育放在优先发展的位置，并向全党提出“要改进学风”的要求。这是一项重大的治国方略。教育事业，学风建设必须先行，只有在着力贯彻党的教育方针和培养“四有”人才培养方向的指引下，才能为实现具有中国特色社会主义的总纲领、总蓝图、总目标的要求，做出积极的贡献。时代在飞奔，学风建设必须高瞻远瞩，跳出“无用论”和“无关论”的狭隘洼地，去占领时代前进的制高点，才能为社会的发展进步做出更大的贡献。

二、必须消除历史的误会，才能在继承发展中建设良好学风。一直以来，人们总以为，学风建设只是现代的专用词汇，古代没有“学风建设”一说。显然这是个误会。欧洲文艺复兴时期，教育思想方法及学风的改革，为培养出众多科技、文化巨匠，为资本主义发展，做好了人才准备。犹太民族灾难深重，久经辗转不灭且人才辈出，也是因为重视教育中的学风建设。中华民族创造了灿烂的东方文化，良好学风的建设起了很大作用。儒家经典《大学》开篇就讲：“大学之道，在明明德。”抓住了“德”这个教育的根本，也抓住了学风建设的根本，很了不起。“吾善养吾浩然之气”的“养气说”，“修身、齐家、治国、平天下”的“修身说”，“故天将降大任于斯人也，必先苦其心志，劳其筋骨，饿其体肤，空乏其身，行拂乱其所为，所以动心忍性，曾益其所不能”的“苦读说”，都是对良好学风的概括。同时还产生了大量成语名言，如艰苦奋斗，戒骄戒躁，自强不息，业精于勤荒于嬉、行成于思毁于随，头悬梁锥刺股，卧薪尝胆，十年寒窗，十年磨剑等，对良好学风给予了具体的描述。尤为难能可贵的是，在古人那里，没有看到半点轻视学风建设的影子。到了今天，古人的思想成为学风建设不可缺少的智慧。却有少数人，执迷于学风建设无用论，这对党的教育方针的贯彻、人才的培养，都会造成极大的危害。

三、必须紧跟世界潮流，才能在激烈的人才竞争中创建良好学风。当今世界，正处在一个国际化，综合化，智能化，教育、经济、科技、生产一体化发展的潮流当中，知识总量正以几何级数增长。面对如此情况，如何树立良好学风、改变学习方法、不断更新知识，是紧跟世界潮流并培养一流人才的关键。

美国未来学家阿尔温·托夫勒指出：“未来的文盲不再是目不识丁的人，而是没有学会如何学习的人。”并在所著《第三次浪潮》中预言，由于新技术浪潮的出现，“发展中国家可以重新和发达国家站在同一起跑线上”。这一预言仅过了三十年的时间，就在中国变成了现实。中国的科技水平、生产力发展水平、GDP总值，都已从排名落后的位置，迅速跃升到世界前列。

可见，良好的学风建设，就是要培养“学会如何学习”的人。轻视学风建设，就不能与时俱进，即便辛辛苦苦，也只是在落后的泥沼中挣扎，末了，还是会遭到潮流的淘汰。

学风建设的失衡

学风建设是个连续渐进的链条，不断扩大以往经验和克服现存问题，是搞好学风建设的不二法门。关于学风建设，中学教育业已取得许多经验。宏观上看，有领导重视，有专家教育工作者参加，有针对性开展学风建设的经验；横向上看，有教师、学生家长互相协作，全方位齐抓共管，提高学风建设水平的经验；纵向上看，有社会、学校、师生三位一体综合治理的建设经验，使学风建设真正做到了从学子心灵出发和学子向心灵进发同时进行，形成标本兼治的教育体系。

当前，学风建设的经验优势和问题劣势并存，互相争夺地盘，如是非不辨，迷失方向，任不良学风膨胀，学风建设就会失衡，就会对人才培养和智力资源的开发造成潜在的损害。因此，“彰往而察来，显微而阐幽”，重视并解决现存失衡问题，是搞好学风建设的重要一环。

一、学习动机的失衡。高中生都有自己的梦想，读书考大学。但在考大学的动机上却各有所异，这也无可厚非，但在相当多的人中，存在信仰缺失、理想定位低、自我意识强、利己性突出的倾向，却是非常值得重视的问题。据有关调查，学生学习目的，为个人收入、环境、待遇、舒适度，要求过高者多，发愤读书、为干一番事业准备吃苦、凭实力创造丰富发展自己人生的人比较少。至于把国家繁荣富强放在第一位，立志报国而读书的比例更小，据不完全统计，约占学生总数的百分之七到十左右。这与培养社会主义事业接班人的要求相距甚远，亟待加强。

二、学习态度的失衡。重点校学生与普高学生之间，在学习动力、学习态度、学习热情、理想追求、思想品德建设等方面，均呈现相反的比例态势，虽然形势正在好转，但有些地方仍然反差巨大。至于贪图享受，学习怕刻苦，上课不听讲，旷课逃学上网吧，打架斗殴谈恋爱的现象也时有发生。学习态度失衡，久之，必然导致学风建设的失衡。

三、考风考纪的失衡。学生道德水准下降，诚信底线降低，投机取巧心理不同程度地存在，有的地方还相当严重。据调查，考试“有过舞弊行为”和“思想上有过”者，有的地方竟然超过半数以上，有些人即使没舞弊，也感到“吃了亏”。如此下去，学风建设的灵魂将被掏空。花了大量的国家资财，培养了一些弄虚作假之徒，岂不哀哉。

四、文理知识的失衡。过早地实行文理分家，文科考生缺乏科学头脑，理科考生缺少人文情怀，必然出现梁思成所说的“半个人”的影子。失衡的结果，不仅损失了高考分数，也丧失了人才竞争力的后劲。

五、升学率的失衡。据有的地方统计，省级重点高中高考录入国家重点大学的录取率，约占同批次高考学生总数的百分之八十左右，而占高中阶段总数百分之七十到八十的普通高中和职高生，在这种升学率失衡的差别下，也失去了公平受教育的机会。这里有生源质量问题，也有师资质量问题，而造成差别最大的原因，则是学风建设的差别，而并非学子聪明程度上的差别。这种失衡，表面看是升学率问题，而实质上，则是国家人才智力资源的损失浪费问题。

学风建设的途径

学风建设有自己的方法和途径。如果对此毫无所知，学风建设就会走弯路，理论也会失去原有之意。因此，要搞好学风建设，就必须端正方向，确定正确途径，抓住重点，才能准确有效地搞好学风建设。

一要认清学风建设的意识形态属性。学风建设是素质教育、教育改革的重要组成部分，属于意识形态范畴。它虽不同于物质建设那样直观，但却决定着直观建设的效果。它不是靠物质材料堆砌，而是用马列主义思想方法和党的教育方针对学生进行的教育。学风建设就是用正确的思想方法指导，在学生心灵中进行的一场自我完善的过程。

二要认清学风建设是个系统工程。学风建设涉及“教”与“学”的诸多相关因素，学生虽是其中主要一员，但仅靠学生一己之力，要完成学风建设的整体任务，是根本不可能的。要搞好学风建设，必须要从系统的整体性原则出发，使教师、学校、家庭、社会在认识上有同步的提高，并使系统各相关要素协调发展，齐抓共管，才能把学风建设的整体水平不断推向前进。

三要认清学风建设是环境建设工程，包括学风建设的外在环境建设和内在心理环境建设，二者能否协调发展，对学风建设有着重大的影响。环境建设是个综合体，它是由学习风气、学习氛围交互影响的客观条件。好的环境，是孕育学风能量的矿床，不良环境是对学生心理的损伤。优良的学风，能使人产生积极的心境，它能把艰苦环境变为优良学风的砺石；消极的心境，也能把好环境变成精神萎靡的温床。心境与环境，互相影响，互相促进，必须遵照“内因是变化的根据，外因是变化的条件，外因是通过内因起作用”这一法则去进行，这是搞好学风建设的理论依据。

学风建设的关系

学风建设的主力军是学生。学风建设必须经过学生的思考与行动，才能逐一得到落实。

学风建设，起于学习，却不止于学习，是对学生人生观、价值观、理想情操、学习态度方法、意志品质和各种学习能力的综合建设。优化组合的程度越高，学生的后劲就越足，就越能使人生的价值得到体现。为此，学子个人必须要处理好以下几个关系：

一、正确处理需要、理想、学风建设的关系。把“小我”融入建设中国特色社会主义的“大我”中去，才能放大学风建设者和被建设者的自我，为学风建设注入活力、增加动力，才能树雄心、立大志，高扬理想的风帆，胜利到达成功的彼岸。世界有多大，理想就有多大，理想有多大，成就就有多大。因此，只有把理想、需要、学风建设优化组合，才能为共和国培养更多的人才。

二、正确处理学习、人生、学风建设的关系。把学习知识和人生品质建设优化组合，才能建设起自强不息的优良学风。这是对思想方法、学习作风、良好人格品质的全面建设。仅有知识却缺乏良好的思想品质、道德品质、意志品质，学风建设也是难以完成的。即使你曾刻苦学习、成绩优良，木桶的短板理论也会拖累你的人生建设，难以有高的水准。

不久前有人做过这样一个调查，在 1977 年至 2010 年这三十四年间，全国六百多名高考状元中，“没发现一位在做学问、经商、从政等方面的顶尖人才，他们的职业成就远低于社会预期”。“状元”本来应该有更大的成就，可是没有，令人叹息、费解和失望。这是个有意思的教训。如果简单归罪于应试教育，也有失公允，历史上有过很多考试并非“状元”，却创出了辉煌业绩的人。爱因斯坦只是个专科生，在当专利员时，就写出了关于相对论的伟大著作；比尔·盖茨在大学二年级退学，乔布斯在大学一年级退学，都做出了震撼世界的成绩；毛泽东读的是师范，却成了著名的军事家、思想家、革命家；鲁迅本想学医治病救人，看到国人在当麻木不仁的看客，为了拯救麻木者的灵魂，拿起笔成了伟大的文学家、思想家；李书福高中毕业，却成功收购了沃尔沃汽车的产权和专利，成了世界级的汽车大王；钱伟长为了国防事业，自学了二十多门专业，而且门门优秀，为国防建设做出了杰出的贡献，等等，都是对学风建设者极为有益的借鉴。

三、正确处理做人、成才、学风建设的关系。做什么样的人，怎样做人，是人才培养的关键问题，也是学风建设的要害问题。说到底，学风建设是对人的建设，人是复杂的，但优良学风的基本要求却是简单的、不变的，甚至是永恒的。

一是做个诚实的人，就是做实事求是的老实人。对学习、对成绩、对理想、对他人、对荣誉、对困难，都要实事求是，说老实话，做老实人，办老实事，这是做人的基础，也是学风建设的基础。坚持实事求是，就能客观地看待自己，在学习上既不好高骛远，也不盲目自卑，既不会过高估计困难，也不小看自己的能力，一步一个脚印，不急不躁，扎扎实实地奔向预期的目标。

二是要做有所追求的人。没有追求，就无法建设。要搞好学风建设，必须要有追求，有追求才能有理想、有激情、有干劲、有进步。追求有是非之别，没有大小之分。作为祖国的未来，莘莘学子要为追求真理而奋斗，为追求人生价值的体现而学习。

三是做个严谨治学的人。知识、智慧、学问不会自己发挥作用，而是要靠你汗水的浇灌，才能化为能力和力量。追求成功，必须先要记住三个字：克服一个“懒”字，提倡一个“勤”字，树立一个“严”字。严字当头，严格规划，严格管理，严能出勤，严能治懒，严能成才。哈工大“规格严格，功夫到家”的校训，为国家培养了大批有用的人才。西点军校培育出大批杰出人才，不在于那二十二条举世闻名的军规，而在于严格执行了这些军规。学风建设不在于制定多少条文，而在于严格执行这些条文。严格是人才的摇篮，严格是良好学风的源泉。

“好风频借力，送我上青云”，这是《红楼梦》的柳絮词里，写渺小的柳絮也懂得凭借“好风”的力量，独步青云的两句好诗。北大中文系学生也曾有过“青云有路终须上，宇宙无名誓不休”的诗句，透着奋发有为的梦想。现送给拼搏中的学子，希望你们能借助良好学风的力量，大鹏展翅，鹏程万里。

附值得参考借鉴的西点军校的二十二条军规：“荣誉高于一切；忠诚是一种义务；绝不推卸责任；做履行诺言的勇士；没有不可能；无条件执行；勇者无敌；冒险是成功的前提；停止空谈，立即行动；只做第一，不做第二；没有任何借口；细节决定成败；放弃就是投降；信念至上；保持火一样的激情；自信创造奇迹；永不满足现状；敬业为魂，效率为先；团队精神至高无上；创新才能生存；尊重每一个人；为自己奋斗。”

2012 年 9 月

后　记

北大中文系毕业后，我被分配去黑龙江省政府文教办公室，后转至省教育厅，从事高等教育管理与研究工作二十多年。1998年，组织调我到省招生考试办公室（考试院前身）任主任，负责为高等院校选拔人才。退休后我担任《学子》杂志社社长兼总编，工作内容也由为大学选拔人才，变成为大学培养输送人才，一干就是十多年。

角色变换，提出了新的挑战、新的学习机会，也提出了新的思考。尤其是中学生非智力因素教育的问题，经常困扰着我，编辑部的约稿，师生家长的来信来访，大多涉及这个方面的内容。为了试图回答这些问题，并引起重视，我便写了那些题材不同，长短不一，“打一枪换一个地方”，看似杂乱无章，却是心有所系的文字，现多汇集于《远声》书中。

中学生，特别是高中阶段的中学生，面临高考的挑战，师生家长，万众一心，加强文化课学习，把智力因素放在首要位置，这毫无疑问是个正确选择。但令人担忧的是，有些人却把智力因素教育建立在无视非智力因素教育的基础上，这却是个错误而有害的抉择。这非但不能加强智力因素教育，反而会起到极大的破坏作用。教训足够深刻，不一一列举。

本书的出版，正是对加强非智力因素教育的一个提示性的补充。高考是对智力因素质量的测量，也是对非智力因素素养的检验。智力因素，是能决定高考成绩的硬实力；而非智力因素，则是关系智力因素能否沿着正确方向，行以致远，发挥作用的软实力。中学与大学的非智力因素教育有着共同的规律。中学是大学人才培养的上游，只有不断提高对非智力因素重要性的认识，自觉促进非智力因素与智力因素的结合，让软硬实力比翼齐飞，才能为全面贯彻党的教育方针，培养全面发展人才，做出更大的贡献。

徐刚在序里提到习总书记的讲话，要“扣好人生第一粒扣子”，他认为这是关系人的品质“德”的教育的大事，是“人生开端的事，是一生的印记中最难忘、最深刻的事，是影响一生的事”。而这扣扣子的思想正是非智力因素教育所要努力的方向。中学生任重道远，却涉世不深，只有扣好那些人生必须扣好的扣子，才能使智力因素好风凭借力，扶摇直上九万里，学子们才能获得更大的成功。

恰如写诗，好诗功夫在诗外。非智力因素的提高，就是智力因素之外的功夫，它是学子从用功走向成功，成为国家栋梁之材的一门大学问。非智力因素，通常是指与智力因素如数理化等文化课成绩以外的相关因素，如学风、理想、品德、性格、时间管理、文学艺术修养、性意识的觉悟、谈恋爱的情感管理与控制、辩证的思维方法等方面的知识智慧和能力，都属于这方面的内容。非智力因素，并非“非”智力因素，而是智力因素大系统里的重要组成，它虽然未被列入高考科目，也不能代替智力因素获得高考分数，但它却能对智力因素的学习与发挥起到至关重要的作用。

《远声》的积极意义，恰在这里。当然，就系统性和逻辑性来讲，本书显然还不够专业，但它却是来自实际，有感而发，意在笔先，并深含着爱的虔诚。它没有响亮的名片，也不是百花园里的奇花，却散发着大地泥土的幽香。也许正因为这，它受到一些师长、挚友们的好评和鼓励，他们建议把这些文字汇集起来，让更多学子从中受到启迪，少走或不走前人走过的弯路，少犯或不犯前人犯过的错误。我深信，《远声》会不负所望，一定能在更远的地方，更长的时间里，让更多的学子听到它的乐章，并在历史的回音壁上，听到它的回响，那不是物理的回声，是心灵的共鸣，心花的开放。

《远声》成书的目的，还是常挂在笔者口头上的那句老话："写东西不是为了消遣，也没有'一本书主义'的打算，只因看到学子在成长过程中，身边出现一些'可溃千里之堤的蝼蚁之穴'，没有引起注意，便如鲠在喉，总想一吐为快，由此，才写出了那些东一榔头、西一棒子的文字。学子不妨抽空看看，万一有些许启发，不至于在那'问题的小河沟'里翻船，就算是满足了笔者的心愿。"

学子是国家未来的希望。学子只有把非智力因素建设好、运用好，才能防范"蝼蚁之穴"对成才之路的溃袭，才能把成才之路铺设好、防护好，把中国智能化建设的大厦建设好。我送学子以热望，学子回我以辉煌。那里记录着我和学子共同走过的路、交过的友、相约的情、寄托的爱。因为我知道，像我这把年纪的人，只有在实现"两个一百年"伟大目标的奋斗中，才有可能和莘莘学子齐头并进、携手共勉。

《远声》带着梦想，带着希望，走向远方；也把过去的远声，传回了我的耳朵，并提示我，不要忘记那些为学子成才，为《学子》创办，开过荒，浇过水，施过肥，使之开花结果，付出过辛劳的人。在此，借《远声》出版的机会，给他们送去一颗感恩的心。

不会忘记，1998年初夏之际，我刚到省招生考试办公室工作，因省内没有高考填报志愿参考数据和政策解读平台，无法准确填报高考志愿，各地、市教育局长、招办主任和重点中学校长们，对我们提出的那些尖锐的批评意见。

不会忘记，为解决这些问题，在《学子》创刊、拓荒艰难的岁月，省委常务副书记兼省委秘书长刘东辉同志、省教育厅厅长董浩同志，给予的大力支持，省委宣传部、省出版局、省教育厅等部门领导给予的有力帮助。

同时，还要感谢：

鲁迅文学奖、中国报告文学创作终身成就奖获得者，“世界重大题材写作五百位”之一获选者，中国著名诗人、作家徐刚，对《学子》的关注，并拨冗为《远声》作序。

黑龙江省作家协会秘书长、著名作家吴宝三，为《远声》的出版，提供的帮助。

《学子》杂志及编辑部计丹岩、申冬梅、吕卉等同志给予的帮助。

还要感谢因编排和时间关系，文中未提及的同志们的支持和帮助。

《远声》载着对学子的殷切期望，扬帆远航了。值此，感谢中国文史出版社对学子的关注与厚爱。

谢谢各位，感恩伟大的时代！

2022年1月31日

图书在版编目(CIP)数据

远声 / 王明志著. -- 北京 ：中国文史出版社，2022.6

ISBN 978-7-5205-3530-4

Ⅰ. ①远… Ⅱ. ①王… Ⅲ. ①散文集-中国-当代 Ⅳ. ①I267

中国版本图书馆 CIP 数据核字(2022)第 084892 号

责任编辑：牟国煜

出版发行：中国文史出版社
社　　址：北京市海淀区西八里庄路 69 号院　邮编：100142
电　　话：010-81136606　81136602　81136603（发行部）
传　　真：010-81136655
印　　装：北京温林源印刷有限公司
经　　销：全国新华书店
开　　本：720×1020　1/16
印　　张：13.5　　字数：146 千字
版　　次：2022 年 6 月第 1 版
印　　次：2022 年 6 月第 1 次印刷
定　　价：49.80 元